Hors-piste

Michel Honaker

ROCAMBOLE
et le spectre de Kerloven

Illustrations
de Jame's Prunier

GALLIMARD JEUNESSE

L'auteur a bénéficié pour cet ouvrage
du soutien du Centre national du livre.

1/ Fauvette

Paris, dans les années 1830.

– Tout le monde dort ! Paix et silence ! Allons, endormez-vous !

La voix de sœur Lucie — que les enfants surnommaient en cachette « la Luciole » — s'éteignit dans les couloirs lugubres de l'orphelinat pour filles de l'Enfant-Roi. Chaque soir, la sévère religieuse faisait ainsi le tour des dortoirs pour s'assurer que le calme régnait, silhouette inquiétante surmontée d'une cornette aux allures de galion. D'ordinaire, aucune des pensionnaires n'osait plus remuer un cil après son passage... Ce soir-là pourtant, dès que la Luciole eut disparu, une téméraire rejeta vivement ses draps rugueux et se pelotonna au pied de son lit.

Fauvette avait à peine treize ans — elle n'en savait trop rien elle-même. Son corps trop maigre flottait dans sa chemise de toile grossière et n'avait pas grandi comme il aurait dû par la faute des privations. Ses grands yeux vifs, un brin effrontés, mangeaient son visage étréci aux joues mal lavées. Elle ramena ses longs cheveux raides couleur noisette dans son cou, puis prenant son élan, courut se mettre à l'abri dans l'ombre d'un pilier. Elle attendit là un instant pour s'assurer que personne ne l'avait vue.

Le dortoir s'assoupissait. Seul le souffle régulier des autres filles berçait le silence. Rassurée, la jeune indisciplinée s'enhardit et courut jusqu'à l'imposante porte dont elle entrebâilla légèrement les vantaux. Elle risqua un œil dans le couloir désert. Jusqu'ici, le plan fonctionnait à merveille et Fauvette éprouvait les premiers picotements du triomphe quand elle sentit un mouvement dans son dos. Le cri de frayeur qui lui échappa faillit bien la trahir et elle dévisagea avec sévérité la fillette qui lui avait ainsi emboîté le pas, penaude.

– Pauline ! Qu'est-ce que tu fiches à me suivre ? Tu veux me faire mourir de peur ?

Pauline était une insouciante au visage rond et aux yeux doux, aux cheveux blonds bouclés comme des liserons. Elle ressemblait à une fleur heureuse qui se contente de suivre la course du soleil, s'accommode des nuages sans jamais poser la moindre question.

– Où tu vas, Fauvette ?

Fauvette hésita, lorgnant vers l'extrémité du corridor. La Luciole pouvait revenir à tout moment.

– Je fiche le camp, si tu veux savoir.

– Tu es devenue folle ? Où irais-tu ? Tu ne connais personne au-dehors !

– Détrompe-toi ! Ma vraie famille m'attend !

– Tu n'es pas sérieuse ? Tu parles de l'homme qui est venu à la grille ce matin ? Tu ne sais même pas de qui il s'agit et tu fonces tête baissée ?

Fauvette dévisagea sa camarade avec une telle intensité que ses yeux clairs brillaient dans la pénombre.

– De toute façon, j'ai trop traîné ici. L'école et les corvées de nettoyage, très peu pour moi. J'ai une chance de trouver un vrai foyer et je ne la laisserai pas filer. Je veux vivre, aller dans le monde. J'en ai assez de ces vieilles pierres, et plus encore de ces bigotes.

– Alors, je viens avec toi !

Fauvette se buta.

– Pas question ! Tu imagines le tableau ? Cher papa, chère maman, je vous amène Pauline, ma meilleure amie. Et ensuite ?

La délicate Pauline dut admettre que la scène n'était guère crédible.

– S'il s'agit d'un mauvais coup, enchaîna Fauvette, je veux être la seule à payer.

Elle était secrètement ravie d'avoir découvert cet argument aussi noble que définitif. La vérité était qu'elle ne croyait aucunement à cette éventualité.

– Tu vois bien que tu n'es pas sûre…, nota Pauline.

– S'il fallait être sûre chaque fois que l'on entreprend quelque chose, on ne ferait jamais rien !

Fauvette savait se montrer sentencieuse quand il le fallait. Pour clore la discussion, elle pressa son amie contre elle et lui fit ses adieux. Cet entretien à voix basse devenait plus risqué chaque instant. Elle referma le battant, ce qui lui brisa le cœur car elle aimait sincèrement sa voisine de chambrée. Mais l'aventure l'appelait. Elle s'élança dans l'escalier sur la pointe des pieds. Elle n'emportait ni son manteau de grosse laine, ni sa poupée de son, ni aucun de ses rares effets personnels : seulement cette lettre en laquelle reposaient tous ses espoirs, qui lui avait été remise pendant la récréation à l'insu des surveillantes.

Le mystérieux messager avait des airs de notaire, avec son habit de feutre neuf, ses lorgnons et sa canne. Fauvette l'avait immédiatement remarqué qui lorgnait les orphelines jouant dans la cour, comme s'il cherchait quelqu'un. Fauvette s'était habilement rapprochée et il n'avait pas tardé à lui faire signe.

– Je cherche à remettre un message à...

Il avait murmuré un nom. Fauvette avait acquiescé.

– Dieu soit loué ! avait répondu le notable en lui tendant un papier plié, avant de s'éclipser parmi les passants.

L'orpheline était capable d'en réciter le contenu par cœur, tant elle l'avait lu et relu :

Chère enfant, je conçois que ce message vous surprendra, car je ne sais rien de vous et vous rien de moi. Mais je vous supplie de le lire avec la plus grande attention. Une longue enquête m'a donné des preuves selon lesquelles nous sommes très proches, sinon par le sang, du moins par les liens du cœur. Je ne peux me manifester par la voie officielle car ce serait attirer sur vous l'attention de gens qui pourraient vous vouloir du mal. Mais je vous conjure de me croire et de me faire confiance. Ce soir à dix heures, montrez-vous au guichet donnant sur la rue de Breuil. La

voie sera libre. Une voiture vous attendra. Une existence nouvelle commencera alors pour vous. Soyez sans crainte. Armand de Kergaz.

Fauvette traversa le vestibule. Elle tournait la poignée de la porte donnant sur la cour quand la Luciole apparut par un couloir sombre, regardant de tous côtés comme si elle craignait d'être surprise. Elle avait la bouche pleine de nourriture et mâchouillait rapidement à la façon d'un écureuil. Probablement avait-elle succombé à un détour par les cuisines. Coupant sa respiration, Fauvette l'épia avec inquiétude, tapie derrière une statue de la Vierge. La Luciole avala, réfléchit, avant de retourner d'où elle venait.

Dix heures sonnaient au clocher.

Fauvette se glissa dans la cour en longeant les murs, espérant ne pas tomber nez à nez avec le gardien qui faisait sa ronde. Elle contourna le vieux bâtiment carré qui jadis avait servi de garnison militaire et gagna d'un trait le guichet donnant sur la rue de Breuil. C'était une porte basse bardée d'un gros cadenas qui servait d'ordinaire aux seuls livreurs. Ce soir, par une étrange coïncidence, elle était entrouverte comme un appel à la liberté. Fauvette passa la tête au-dehors. Comme l'avait prédit son mystérieux correspondant, ce singulier M. de Kergaz, une voiture patientait un peu plus haut, toutes lanternes éteintes. Fauvette distingua deux cochers en redingote noire, gibus abaissé sur l'œil, dont les haleines blanches montaient dans la nuit froide.

Le cœur battant, Fauvette hésita. C'était une chose que de rêver d'aventures au fond de son lit. C'en était une autre de se précipiter pieds nus sur ce pavé gras vers l'inconnu. Elle en était là de ses états d'âme quand un coup de sifflet strident retentit dans la cour, bientôt relayé par une rumeur grandissante. La fugitive imagina le branle-bas de combat dans les couloirs, les lumières que l'on rallumait, les vociférations des sœurs… Elle se sentit glacée jusqu'aux os, moins par le froid que par la perspective d'être prise. Toute hésitation la quitta et elle courut vers le fiacre.

La portière s'ouvrit d'elle-même et une main gantée se tendit pour l'aider à monter. Elle s'y agrippa de toutes ses forces. Déjà, l'attelage démarrait.

– Merci ! s'exclama l'adolescente. Merci mille fois.

Un visage sortit de l'ombre, celui d'un jeune homme livide, étrangement souriant… Avant que Fauvette ait réalisé ce qui se passait, un gros sac lui recouvrit la tête…

2/ Un masque

Le fiacre filait dans le labyrinthe des rues noyées de brume. Ses roues bondissaient sur le pavé gras, frôlant dangereusement l'angle des maisons lépreuses. Les deux chevaux galopaient le crin hérissé et bien imprudent celui qui aurait osé se mettre en travers de leur chemin. Le cocher au faciès patibulaire faisait claquer son fouet au-dessus de leur crinière, tandis que son compagnon balafré — aussi peu plaisant que lui — se cramponnait au montant. Vêtus de noir comme ils l'étaient, ils ressemblaient à de sinistres corbeaux perchés sur le siège bringuebalant.

– Pas si vite ! supplia le Balafré, peu rassuré, avec un fort accent espagnol.

– Pas question de traîner, répliqua le conducteur, j'ai entendu de drôles d'histoires…

– Quelles sortes d'histoires, *compadre* ?

– Un cavalier fantôme qui hanterait les faubourgs des soirs comme celui-ci…

Le Balafré ne comprenait pas bien le français, mais le mot « fantôme » parlait assez à sa crédulité superstitieuse. Il regarda autour de lui d'un air inquiet.

– *Madre de dios*, souffla-t-il. Qu… quel cavalier fantôme ?

– Il monte un grand cheval noir, récita le cocher sur un ton de prophète, et il file comme le vent ! Personne n'a jamais vu son visage. Certains affirment qu'il n'en a pas et que c'est pour cette raison qu'il porte un masque.

– Pas… pas de visage ?

– Des auteurs de pochades s'en sont emparé et racontent ses aventures qui se distribuent sous le manteau. Si tu étais parisien comme moi, tu saurais cela…

Le Balafré essuya rapidement une goutte de sueur sur sa paupière et regardant droit devant lui, les yeux écarquillés, répéta :

– Rien qu'un trou noir !

Prudemment, il se retourna pour surveiller leurs arrières. Dans le sillage de la voiture folle, la nuit se refermait en tourbillons visqueux. Il allait rire de sa frayeur lorsque

soudain, au creux de ces volutes sournoises, il lui sembla discerner un cavalier sombre couché sur le col d'un grand étalon noir lancé au galop. Il crut d'abord que son imagination avait donné forme à ses craintes, mais non : l'apparition galopait droit sur eux en rattrapant le terrain perdu.

– Ah ! s'écria-t-il livide en pointant son index. *Madre de dios* ! Je l'ai vu ! C'est lui !

Le conducteur se tordit le cou à son tour, mais ne distinguant rien, il secoua la tête.

– C'est le problème, avec vous autres les gens du Sud : vous êtes trop impressionnables !

A peine avait-il prononcé cette sentence qu'un sifflement strident se produisit. Un long serpent de cuir noir s'enroula autour de sa gorge. Les yeux exorbités par la surprise, il dut lâcher les rênes pour tenter de desserrer l'étau implacable mais n'en eut pas le loisir. En un clin d'œil, il fut arraché du siège et emporté dans les airs comme un fétu de paille. Le Balafré poussa un cri. Alerté, le pâle complice qui se trouvait dans la voiture avec la prisonnière pencha sa tête à la portière, l'air furieux.

– Bande d'idiots ! admonesta-t-il. Nous avons failli entrer dans le mur ! Qu'est-ce que vous fichez ?

Le Balafré aurait bien voulu expliquer la situation, seulement l'urgence lui commandait d'abord de reprendre le contrôle de la voiture folle. Il plongea pour s'emparer des lanières abandonnées. Quand il se releva, il eut soudain le sentiment de n'être plus seul. Il tourna lentement la tête. Il se tenait debout sur le toit du fiacre, juste derrière lui, longue silhouette endeuillée par une cape noire, un haut-de-forme ombrant son front, le visage dissimulé par un loup. Par ses ouvertures étincelaient deux yeux gris légèrement obliques.

Le Balafré crut que son cœur s'arrêtait de battre.

– Le fan-fan ! Le fantôme !

Ce spectre lui adressa un sourire glacé.

– Saute ! lui ordonna-t-il d'une voix douce.

Le Balafré n'eut pas le loisir d'hésiter, car ce fantôme-là avait un fouet dans une main et un long pistolet dans l'autre… Alors il sauta sans réfléchir, préférant encore se briser les reins plutôt que de perdre la raison.

Cependant, le pâle passager avait compris la situation.

Maîtrisant d'une main Fauvette, qui sous son sac ne cessait de se débattre, il tira un pistolet et fit feu à travers le toit, au hasard, mais apparemment sans conséquence. Il s'affairait pour recharger quand la voiture s'immobilisa soudain au beau milieu d'une place déserte.

Indécis sur la forme que prenait le danger, il se tapit derrière Fauvette pour s'en servir de bouclier — et lui braqua son arme sur la tête. Le malfaiteur s'attendait à tout moment à ce que la portière s'ouvrît… et elle s'ouvrit en effet, mais dans son dos ! Déséquilibré, il dégringola de la banquette sur le pavé. Pourtant, il devait être rompu aux exercices du corps car il se redressa aussitôt, avec la vivacité d'un serpent prêt à mordre.

Cependant, le prétendu fantôme fut plus prompt encore, qui lui saisit vivement le bras et, d'une torsion terrible, le délesta de son pistolet tout en le renvoyant au sol.

– Quel est ton nom, camarade ? s'enquit-il sur un ton railleur.

Le malandrin, peu enclin à obéir, esquissa le geste de se relever mais le pistolet braqué sur lui appuyait la question. Il dut se résigner, louchant sur le canon de l'arme.

– Je m'appelle Bellon. Après tout, mieux vaut que tu connaisses à l'avance celui qui te tuera, figure de carnaval !

– Toujours les grands mots… Tu tiens ce trait de ton maître. En attendant, votre prisonnière est mienne. Salue sir Williams de ma part…

A l'évocation de ce nom, le visage de Bellon vira au gris.

– Tu connais sir Williams ?

– Rappelle-lui certaine auberge, un coupe-gorge tenu par une certaine mère Fipart… Vous vous souviendrez, monsieur Bellon ? La mère Fipart…

– Compte sur moi, l'ami. Je n'oublie jamais rien.

D'un bond, l'étrange fantôme avait repris sa place sur le siège du cocher et, rassemblant les rênes avec dextérité, il siffla le signal du départ. Son rire résonna sur la place, bien après que la voiture eut disparu dans l'obscurité…

3/ Rocambolesque

Fauvette se redressait tant bien que mal lorsque le fiacre repartit sans prévenir, la renvoyant sur le plancher. Elle pesta en des termes que n'eussent sûrement pas approuvés les religieuses de l'Enfant-Roi ! Ce qu'elle avait compris de l'épisode précédent à travers la toile grossière qui lui couvrait la tête, c'était que sa situation ne s'en trouvait pas améliorée : elle était toujours prisonnière. Elle avait seulement changé de mains pour filer vers une destination peut-être différente mais tout aussi inquiétante !

Pourtant, n'ayant plus de gardien pour contrarier ses mouvements, elle utilisa malicieusement les

cahots qui secouaient la voiture pour desserrer ses liens. Elle joua de ses poignets si frêles et telle une anguille, parvint à se libérer avec un cri de victoire. Sa première idée fut de sauter hors de la voiture et de s'envoler sans plus attendre ! Comme elle baissait la vitre pour évaluer les risques de ce plan acrobatique, elle comprit vite qu'il serait impossible à exécuter, sauf à se rompre le cou : le fiacre filait à travers un dédale de petites rues étroites dans un fracas de tonnerre.

L'adolescente resta à la fenêtre afin de guetter une occasion plus favorable mais le décor fantomatique des faubourgs disparut bientôt pour céder place à un paysage de forêt ; une route de terre battue succéda aux pavés. Loin de ralentir, l'attelage allait toujours une allure du diable, crevant les nappes de brouillard et défonçant les flaques boueuses. Alors qu'elle s'obstinait à tendre le cou pour mieux voir, un deuxième galop attira l'attention de la captive : dans le sillage de la voiture folle, un grand coursier au crin noir comme la suie galopait sans cavalier, sans céder un pouce de terrain. Cette vision persuada Fauvette de se rasseoir.

– C'est sûr ! murmura-t-elle. On va en enfer !

Elle se rappelait la description des lieux que les bonnes sœurs lui avaient faite si souvent et elle sentit sa peau se hérisser. Pour confirmer ses pires craintes, la voiture parut brusquement plonger sous terre. Tout devint subitement noir. Plus de ciel, de brouillard, de forêt. Plus d'air. La course se poursuivait dans un vaste tunnel dégoulinant d'humidité et le grondement des sabots devint si assourdissant que Fauvette dut se boucher les oreilles. Des chauves-souris dérangées dans leur sommeil inversé s'envolèrent en piaillant.

Quand le fiacre s'immobilisa enfin, enveloppé par ces virgules noires et affolées, Fauvette n'avait plus la moindre envie d'en descendre ! Aussi se rencogna-t-elle au fond de l'habitacle, prête à défendre chèrement sa vie. La portière s'ouvrit et le conducteur masqué apparut, esquissant une révérence ironique.

– La petite demoiselle est arrivée ! Descends, et suis-moi !

Sa voix résonnait comme dans un puits.

– Et si je ne veux pas ? répliqua Fauvette, dont l'obéissance n'avait jamais été la principale qualité.

– Eh bien, je peux aussi te porter, te traîner, t'assommer ! répondit son ravisseur sans s'émouvoir. Choisis ! Pour moi, ça ne fait aucune différence.

Il s'exprimait avec toute la sincérité du monde, comme si un mensonge eût trop compliqué les choses. Alors Fauvette accepta la main tendue. Ce personnage qui prenait si grand soin de ne pas montrer son visage n'était pas si âgé qu'il voulait s'en donner l'air. Il y avait dans sa voix une gouaille qui tenait encore de l'adolescence. Il possédait aussi une certaine prestance — détail non négligeable pour amadouer une presque jeune fille. Sa haute taille, sa silhouette mince, le visage aux angles drus en faisaient un compagnon qu'on eût aimé montrer à son bras dans un bal. Et Fauvette rêvait souvent de bals, les soirs de printemps, à l'orphelinat…

En attendant, le décor de la grotte où ils avaient abouti n'avait rien d'un palais et les lustres scintillants n'étaient ici que des flambeaux d'un autre âge. Le grand cheval noir se tenait à distance respectable, observant la scène en secouant sa noble crinière. Le ravisseur lui flatta le museau avec une affection presque excessive.

– Je te présente Sarastro ! lança-t-il. Il est timide. Mieux vaut ne pas l'approcher avant qu'il t'ait adopté. Comment tu t'appelles, fillette ?

– Je ne vous conseille pas de m'appeler fillette, rétorqua Fauvette.

– Je vois, mademoiselle a son caractère !

Il revint à Fauvette et enchaîna d'une voix plus sourde :

– Vite, ton nom, avant que je me fâche.

– Fauvette ! lâcha l'adolescente, impressionnée par son changement brutal de mimique sous le masque. Euh, il paraît que c'est un nom d'oiseau.

– Il paraît, oui, et les noms d'oiseau s'appliquent parfois à qui possède leur cervelle ! Tu as foncé tête baissée dans un traquenard !

– Vous en avez de bonnes, se défendit Fauvette. Le billet disait qu'une voiture attendrait. La voiture était là. Pourquoi je me serais méfiée, dites ?

– Pourquoi ? s'exaspéra l'inconnu. Mais parce qu'un morceau de manteau dépassait de la malle arrière, voilà pourquoi !

– Et alors ?

Le ravisseur leva les yeux au ciel et ouvrit la malle en question.

– Approche. Que vois-tu ?

Sans méfiance, Fauvette se pencha. Son cri strident acheva de faire fuir les chauves-souris ! A l'intérieur du coffre, le cadavre du messager qui lui avait remis la lettre était plié avec le même soin qu'une couverture. Le couvercle retomba.

– Tu le reconnais ? demanda le jeune homme avec autant de naturel que s'il s'agissait d'un kilo de figues. Il s'appelait M. Clarisse, notaire à Saint-Cloud. Pauvre M. Clarisse !

– Mon Dieu... C'est horrible !

Devant le désarroi horrifié de la fillette, son interlocuteur se trouva un brin honteux.

– J'oubliais que ces choses-là ne sont pas courantes chez les sœurs. J'ai peut-être été un peu brutal. Nous allons tenter d'éclaircir cette affaire. Suis-moi.

Fauvette ne pouvait détacher les yeux du coffre.

– Suis-moi, je te dis !

Le jeune homme lui tenait toujours la main, de sorte qu'il n'eut aucun mal à l'entraîner par un escalier de pierre qui virevoltait dans les hauteurs de cet étrange souterrain. Ils débouchèrent dans une vaste salle, qui aurait pu abriter une ou deux de ces nouvelles locomotives qui défrayaient tant la chronique. Dresser un catalogue des objets qu'elle contenait relèverait d'une tâche ingrate et très ennuyeuse. Ce qui frappa Fauvette sur-le-champ fut l'immense bibliothèque, qui déroulait ses théories de livres jusqu'à la voûte. Un gros poêle ronronnait dans un angle. Il y avait une longue-vue montée sur trépied — dont l'utilité n'était pas criante à cette profondeur —, une panoplie d'épées, des toiles de maître et pour résumer, une folie de bric-à-brac.

Le jeune homme profita de la distraction de son invitée pour la détailler à l'envi. Il semblait rechercher, au-delà du front buté, du nez en trompette, des joues si creuses, les traits d'un autre visage connu de lui. Sa quête parut vaine et il tourna les yeux comme ceux de l'adolescente se levaient vers lui.

– Où sommes-nous ? demanda-t-elle.

– Quelque part sous la Machine de Marly, près de Versailles.

– Vous voulez dire… sous les canaux qui alimentent les bassins du château ?

– On a des lettres, je vois ! Nous sommes dans l'un de mes bureaux de fonction. Je viens ici à mes heures perdues ou en cas d'extrême nécessité. Le reste du temps, j'emprunte les demeures des autres… C'est plus commode. Dans une autre vie, j'ai dû être un coucou.

Il avait annoncé cela avec une certaine emphase, ce qui laissa supposer à Fauvette qu'il n'était pas mécontent de faire étalage de ses secrets.

– Et le mort ? Qu'allez-vous en faire ?

– Il n'ira pas bien loin, tu sais ! Beaucoup de gens aimeraient connaître ce repaire, poursuivit le

mystérieux personnage. J'espère que tu sauras tenir ta langue. Approche-toi du poêle, tu dois être gelée ! Je ne me rends pas compte. J'ignore le froid.

Il s'assit derrière une longue table qui aurait pu accueillir un conseil d'administration au grand complet et observa sa captive.

– En somme, vous m'avez ravie à mes ravisseurs ? demanda Fauvette en se frictionnant les mains à distance raisonnable de la fonte.

La réflexion fit s'esclaffer le maître des lieux.

– Tu n'as pas perdu au change, crois-moi.

– C'est rocambolesque…

Le jeune homme tressaillit :

– Comment ? Quelle est cette expression ?

– Rocambolesque ? C'est un mot à la mode. C'est rapport au brigand Rocambole qui mène la police par le bout du nez, se déguise sans arrêt, et tente de réparer les injustices à sa manière. Des écrivains s'approprient ses aventures. A l'orphelinat, on se passait ces ouvrages en cachette. En fait, les sœurs les lisaient aussi.

– Réparer les injustices ! répéta le jeune homme en se levant pour se présenter devant un grand miroir sur pied, faisant le beau comme un coq. Oui… Ma foi… (Il toussota.) Hum ! Soit ce

Rocambole est fou, soit il a beaucoup à se faire pardonner.

– Oh, je ne crois pas qu'il existe vraiment ! C'est seulement une légende des faubourgs. C'est bien dommage.

– Dommage ? fit le ravisseur en écho.

Il détacha lentement l'agrafe de son loup et jeta négligemment son chapeau sur un portemanteau. Fauvette vit qu'elle s'était trompée. Le visage n'était pas si anguleux, maintenant que l'expression douce et mélancolique en harmonisait les contours. Quant au regard gris, il disait la profondeur résignée de ceux qui ont beaucoup souffert, mais qu'un seul sourire fait encore espérer.

– Je *suis* Rocambole, dit-il en insistant sur le mot. Et je n'ai rien d'une légende.

Il caressa son crâne long et ras, marqué de cicatrices qui devaient remonter à l'enfance, avec un regard par en dessous qui ressemblait à une excuse. Fauvette resta bouche bée. Le doute ne lui vint même pas. Elle sut qu'il disait la vérité, bien qu'il eût à peine plus de vingt ans. Il ajouta d'un ton grave :

– Peu de personnes peuvent se vanter d'avoir déjà vu ma véritable apparence. Ce mince avantage m'évite pour l'instant d'aller croupir au bagne car

il m'arrive, pour atteindre mes buts, de me transformer en brigand. Aussi, prends cela pour une preuve de confiance.

Rocambole se rassit derrière sa longue table de travail où s'entassaient des liasses de documents divers dans un désordre… des plus désordonnés. Il fixa sur sa protégée un regard pénétrant.

– Ceux qui sont après toi n'en resteront pas là. A cette heure, ils te recherchent déjà. J'ignore encore la raison pour laquelle tu es la cible des Habits Noirs, mais je la découvrirai…

– Les… les Habits Noirs ? Eux aussi, ils existent ? Ce sont des criminels !

Le visage de Rocambole se durcit telle une pointe de silex.

– Pire ! Il s'agit d'une organisation de tueurs, répondit-il sur un ton grave, recrutés parmi la pire canaille d'Europe : Russes, Autrichiens, Espagnols s'y côtoient, unis par leur dévouement pour celui qu'ils nomment leur maître : le génie du mal en personne, je veux parler de sir Williams !

– Sir Williams ? Le maître du crime ?

– As-tu entendu parler de lui ?

– Dans les livres, on raconte souvent qu'il fait tout pour nuire à la société. Il est une sorte de baron irlandais…

– Il n'est pas plus baron irlandais que je ne suis cardinal, coupa Rocambole. C'est un individu corrompu jusqu'à la moelle et qui possède plus de venin dans le corps qu'un cobra royal. Nous nous livrons bataille à distance, et parfois la distance en question n'excède pas la longueur d'une épée. Les auteurs de gare savent-ils cela également ?

– Ils disent que vous le pourchassez dans l'Europe entière pour contrecarrer ses infâmes projets, empêcher les crimes et les enlèvements qu'il commet partout.

– En effet. Notre dernier face à face remonte à quelques mois, à Londres. Crois-tu que je surveillais l'orphelinat par hasard ? Je dispose moi aussi d'yeux et d'oreilles dans Paris. J'ai eu vent de personnages peu recommandables qui tournaient autour de l'Enfant-Roi. Il ne m'a guère fallu de temps pour comprendre qu'il se tramait un mauvais coup. Sir Williams a un nouveau lieutenant, ce M. Bellon qui t'a emballée dans un sac de pommes de terre…

– Il en change souvent ?

– Le dernier en date, c'était moi ! A cette heure, il doit faire son rapport, et je n'aimerais pas être à sa place.

– Bellon, sir Williams, les Habits Noirs ! s'agaça Fauvette. Je n'ai rien à faire avec ces gens ! Pourquoi brusquement tout le monde s'en prend-il à moi ? Je n'ai jamais voulu entrer dans un livre !

Rocambole paraissait ne plus l'écouter.

– *Porcus maledictus* ! marmonna-t-il. Sir Williams n'aurait pas déployé une telle énergie sans une raison sérieuse… Comme d'habitude, il a ourdi une de ces machinations tortueuses et sinistres dont il a le secret. N'as-tu rien entendu des conversations entre les deux cochers ?

– Rien. Le bruit de la voiture m'empêchait d'entendre.

– Tu as parlé d'un billet que le macchabée dans le coffre — hum, je veux dire, M. Clarisse — t'aurait remis ?

Fauvette fouilla dans sa robe déchirée et le lui tendit sans rechigner. Rocambole déchiffra le message à la clarté de la lampe.

– Tout s'éclaire ! s'écria-t-il.

– Vous connaissez ce M. Kergaz ?

– Le comte Armand de Kergaz est de mes amis. Il n'est pour rien dans tes mésaventures. Au contraire, il a usé de tous les stratagèmes pour te les épargner. En vain.

– Un comte ? s'étonna Fauvette. Un vrai comte ?

– Authentique, et le meilleur homme que j'aie rencontré de toute ma vie, vif et décidé quand il s'agit de rendre justice. Les romanciers devraient écrire sur lui et non sur moi. Je ne suis au fond que son bras armé. Il a eu une vie palpitante. Malheureuse, mais palpitante !

– Est-il vraiment de ma famille comme il le prétend ?

– Si nous allions lui poser la question ?

Rocambole se leva pour actionner un bouton discret. Un pan de la bibliothèque s'effaça, révélant une incroyable garde-robe, digne d'un grand théâtre. Il fouina un instant, avant de se retourner brusquement, affublé de moustaches noires, d'une perruque bouclée et d'une fanchon rouge nouée par-dessus. En un clin d'œil, il s'était transformé en bohémien, modelant son visage comme une glaise malléable. Fauvette eut un sursaut.

– Surprise, hein ? se moqua l'aventurier, ravi de son effet.

Il acheva son déguisement en enfilant un vieux costume et un gilet.

– Tu as devant toi Loyos, le diseur de bonne aventure. Et toi, tu seras… sa fille. Hum !

Il souleva son sourcil de manière si comique que Fauvette pouffa. Cette réaction parut combler d'aise le jeune homme.

– A la bonne heure, fit-il. Si tu n'as pas oublié l'usage du rire, nous pourrons faire quelque chose de toi. Seul l'humour nous sauve de la tristesse de ce monde.

– Nous partons déjà ?

– Sarastro nous portera jusqu'en Bretagne dans la plus grande discrétion. Nous éviterons ainsi les relais de poste où sir Williams ne manquera sûrement pas de placer des observateurs.

– Le comte de Kergaz vit en Bretagne ?

– Mystère, fillette !

Il esquissa des passes d'illusionniste.

– Je suis le maître des mystères !

4/ Sir Williams

La vieille église de Saint-Cyprien apparut soudain au détour d'un croissant de pavé gris, îlot de pierres branlantes surmonté d'un vieux clocher. Hors d'haleine, Bellon tituba jusqu'au portail bruni ferré de clous noirs. Avant qu'il eût le loisir d'effleurer les battants, ceux-ci s'ouvrirent, actionnés par des mains invisibles. Le malandrin resta figé sur le parvis, hésitant à avancer.

– Approchez donc, monsieur Bellon ! lança de l'intérieur une voix grave. Approchez, mon jeune disciple, et n'oubliez pas au passage de prendre un peu d'eau bénite ! Nous sommes dans un lieu saint, que diable !

Bellon ôta son couvre-chef, essuya du revers de la manche son front ruisselant, avant de balayer d'un regard soupçonneux la nef noyée dans la pénombre. Il se signa avec plus d'effroi que de dévotion et s'avança dans l'allée. Les vantaux se refermèrent derrière lui avec un claquement sinistre.

– Maître ? lança-t-il sur un ton craintif.

– Je suis ici, mon ami. Où est l'enfant ? L'enfant que ce Clarisse de malheur devait conduire auprès du comte de Kergaz ?

– Je… Comment dire ? Elle a été enlevée, mais ce n'est pas ma faute ! J'ai agi selon vos instructions, je vous assure…

Seul un courant d'air, filant sous la charpente désossée de l'édifice, répondit d'abord en écho, avant que l'interlocuteur invisible ne reprît :

– Venez confesser vos fautes, monsieur Bellon…

Bellon plissa les yeux pour mieux voir. La voix d'outre-tombe venait d'un confessionnal tapi au fond du transept. Tout aguerri qu'il fût, le brigand eut froid dans le dos à l'idée d'y entrer, et cependant une peur plus grande que son orgueil lui fit tirer le rideau mité. Il s'assit devant la croisée de bois dans une attitude de contrition, son gibus sur les genoux.

– Essayez-vous de me faire comprendre que vous avez échoué, monsieur Bellon ?

Le jeune scélérat osait à peine lever les yeux. Il distingua dans l'ombre des croisillons un visage lugubre au regard sombre, au nez long et aigu, un crâne chauve aux oreilles effilées. Il se demanda s'il avait en face de lui le « vrai » sir Williams ou s'il s'agissait d'un de ces innombrables déguisements dont il était coutumier.

– Maître, admit Bellon, j'ai observé vos consignes à la lettre. Nous avons surpris M. Clarisse et nous l'avons fait parler avant de nous en débarrasser. J'ai pris sa place dans la voiture et me suis fait passer pour lui. La fillette est venue à moi sans se douter de rien, ainsi que vous l'aviez prédit. Je la conduisais ici quand un cavalier nous a pris en chasse, a éliminé mes hommes et, sous la menace, m'a repris l'enfant.

Un soupir las lui parvint de l'autre côté de la paroi.

– Monsieur Bellon, dans cette opération que je me suis donné tant de mal à imaginer, n'étiez-vous pas supposé jouer le rôle du ravisseur, non celui du benêt qui se fait berner ?

– Maître, personne ne pouvait être au courant de notre coup. Personne !

– Personne, vous êtes certain ? (Il marqua un silence.) Savez-vous ce qui attire l'aigle sur le lapin, monsieur Bellon ?

– Heu… Les oreilles ?

– Non, idiot. C'est le mouvement. Aussi longtemps que le lapin reste immobile et dissimulé, l'aigle ne peut rien. Mais le lapin possède une tête aussi vide que la vôtre. Il finit toujours par bouger, sans réfléchir, sans prendre son temps…

– Ce… cet homme m'a dit que vous vous rappelleriez la taverne d'une certaine mère Fipart.

De l'autre côté de la paroi ajourée, un gémissement de bête blessée fusa. Bellon porta la main à son cou, de plus en plus mal à l'aise.

– Comment l'aurais-je oublié ! gronda sir Williams. C'est Rocambole, ce damné ! Encore lui !

Il parut s'abîmer dans une profonde réflexion et Bellon douta un instant qu'il se trouvât encore en face de lui. Il était près de se retirer quand le visage livide, ce visage d'une découpe étrange et vénéneuse, dominé par ce regard glacé aux pupilles noires, se plaqua soudain contre les croisillons. Bellon sursauta violemment. Les lèvres molles de sir Williams, qu'on eût dites ourlées par un incommensurable mépris pour l'humanité tout entière, dessinèrent un sourire qui eût fait frémir plus endurci que Bellon :

– Je devrais vous tuer, monsieur Bellon. Je connais mille façons d'arriver à cette fin, savez-vous, car j'ai beaucoup appris au cours de mes longs voyages. Savez-vous pourquoi je vous épargne une fois de plus ?

– N... non !

– Parce que la bêtise, associée à la vanité, est pour moi un vaste sujet d'étude.

– Ah ? Je... j'en suis heureux, maître, et je vous jure bien que je tuerai ce Rocambole ! J'en fais le serment !

– Voici un serment que j'ai souvent entendu. Je l'ai souvent entendu car il n'a jamais été suivi d'actes. Rocambole a occupé votre place, naguère. Le saviez-vous ? Je lui ai enseigné tout ce que je sais, et encore au-delà. Il aurait pu devenir grand, s'il ne s'était détourné du destin criminel que je lui avais tracé. A cette heure, il doit déjà chevaucher vers la Bretagne sous un quelconque déguisement, qui trompera sans faillir les hommes que j'ai disposés aux barrières de Paris... Tant pis. Il m'a dérobé une carte maîtresse, mais je la lui reprendrai. Cela ne modifie pas la donne. Une manche est perdue à Paris, nous gagnerons la bataille à Kerloven !

Préparez notre retour sur la terre de mes ancêtres, monsieur Bellon. Je vous donne une heure.

Bellon acquiesça tête baissée et sortit du confessionnal à reculons. Il attendit un instant que sir Williams parût à son tour, mais ce dernier n'en fit rien. Dans un sursaut de courage, Bellon se risqua à ouvrir le portillon.

Le confessionnal était vide…

5/ Le château maudit

Adossé à la grille du château de Kerloven, le vieux Bastien s'était assoupi à son poste, les bras croisés sur son mousquet. La fatigue avait fini par avoir raison de l'ancien soldat de Napoléon et il ronflait bruyamment lorsque le piétinement d'un cheval arrivant par la lande le tira brusquement de sa torpeur. Dans un réflexe, il rétablit son gibus qui lui était tombé sur le nez et mit en joue la masse sombre qui émergeait du brouillard.

– Halte, qui va là ? lança-t-il d'un ton bravache, sa grosse moustache frémissant à l'idée d'un danger.

– Holà ! lui répondit le bohémien du haut de son grand cheval noir. Faites-nous bon accueil et je vous ferai les lignes de la main !

– Les lignes de la main ? se rembrunit Bastien. Nomade de malheur, retourne d'où tu viens avec tes...

Un éclat de rire lui répondit. Le cavalier sauta à terre pour serrer contre lui la redoutable sentinelle, dont l'expression de stupeur d'abord, de ravissement ensuite, provoqua le rire de Fauvette.

– Par l'Empereur ! s'écria Bastien en contenant mal son émotion. Je ne peux y croire ! C'est bien vous, monsieur ? Je ne vous aurais pas reconnu !

– Cher vieux soldat ! Quel maître cruel est devenu le comte pour t'obliger à demeurer ici par cette nuit glacée ?

– Ah, monsieur ! Le comte serait fâché de me savoir là. C'est moi et moi seul qui ai décidé de cette veille. C'est que nous vivons des temps de dangers. Rien ne va plus ici depuis la mort de la comtesse !

Rocambole, qui arrachait ses postiches, se figea à cette nouvelle :

– Comment ? Jeanne de Balder n'est plus ? J'ignorais la nouvelle... Quelle tristesse !

– Un mois, monsieur, un mois depuis que le malheur a frappé. Le comte ne s'en remettra pas, je le crains. Mais... qui est cet enfant ?

Fauvette avait profité de la conversation pour descendre de selle, emmitouflée dans une cape sombre.

– Certaine orpheline de l'Enfant-Roi que j'amène à bon port.

– Quel bonheur ! s'écria Bastien. Monsieur le comte se rongeait les sangs. Il va sauter de joie. Enfin une affaire qui tourne à son avantage ! (Un air grave chassa aussitôt sa gaieté.) Mais... qu'est devenu M. Clarisse ?

– M. Clarisse est parti pour un long voyage en malle-poste.

– Seigneur ! fit Bastien, qui ne se méprenait jamais sur les sous-entendus de ce genre.

– Quant à nous, enchaîna Rocambole, nous sommes éreintés. Sarastro a accompli un miracle en nous portant jusqu'ici en deux jours. Mais il est épuisé et rêve d'une stalle et d'une pinte d'avoine.

– Vous êtes donc poursuivis ?

– Les Habits Noirs, Bastien, et plus féroces que jamais.

Bastien adressa un regard hostile en direction de la lande.

– On en a vu rôder par ici, comme des vautours guettant une carcasse. Ils apparaissent et disparaissent sur la lande...

– Conduis-nous au comte, suggéra Rocambole en achevant de se débarrasser de ses oripeaux de bohémien. Tandis que Bastien s'arc-boutait pour fermer les grilles, Rocambole et Fauvette franchirent le dernier lacet qui les séparait du seuil farouche surmonté d'une triste lanterne. Une masure mélancolique se découvrit à leurs yeux, perchée au-dessus d'une falaise, qui n'avait conservé de ses heures de gloire qu'un fier donjon et des murailles battues par le vent du large. Pour le reste, les fenestrons étaient brisés en maints endroits, les moellons meurtris et les passages envahis d'herbes folles.

– Pas terrible ! murmura Fauvette en examinant les façades sévères.

Bastien les rejoignit sous la lanterne, posa son fusil dans l'angle du porche, et troquant sa charge de sentinelle pour celle de majordome — sa fonction naturelle auprès du comte de Kergaz –, il introduisit les visiteurs.

– Je m'occuperai de Sarastro sitôt après, tint-il à les rassurer.

– Comment, s'étonna Rocambole, il n'y a plus de garçons d'écurie ?

– Ni palefreniers, ni valets, ni cuisiniers, confessa Bastien.

– Je m'attendais à trouver ici une forteresse gardée par une petite armée…

– C'est que les temps ont changé, soupira Bastien. Nous sommes désormais seuls, mon maître et moi. La peur qu'inspire à présent Kerloven tient les gens à distance. Oh, le manoir a toujours eu mauvaise réputation, depuis l'époque où Felipone le Maudit régnait ici… Mais, depuis le décès de la comtesse, plus personne ne vient. Et le comte n'a plus la moindre énergie pour poursuivre sa lutte contre le crime… Car il se meurt, monsieur, ou plutôt il se consume ! Son deuil le ronge plus sûrement qu'un poison. Même si ces derniers temps, le sort de cette enfant lui a rendu un peu de sa vaillance ancienne.

Il adressa un clin d'œil à Fauvette.

– Par chance, tu es des nôtres. Tu seras bien, ici, petite. Fais-moi confiance.

Rocambole et sa protégée suivirent le digne majordome à l'intérieur. Ils furent introduits dans un vaste salon lambrissé, tendu de velours gris, où Bastien les annonça solennellement :

– M. Rocambole, et Mlle euh…

– Fauvette, souffla l'adolescente.

– Fauvette… Fauvette de Kergaz ! acheva-t-il dignement.

Armand de Kergaz était étendu sur un sofa devant la cheminée, frissonnant sous un plaid. « Monsieur Rocambole » eut peine à reconnaître le personnage lumineux qui l'avait émerveillé naguère. A quarante-cinq ans, le comte ressemblait à un vieillard. Son visage n'était plus qu'une ombre creuse, mangée par des yeux vidés de lumière. Les cheveux en désordre avaient blanchi. Le chagrin semblait l'avoir mortellement labouré jusqu'à l'âme. A l'annonce de Bastien pourtant, un frémissement le parcourut. Il leva la tête et son regard s'anima d'une subite clarté.

– Quoi ? L'enfant est ici ? Ce serait une victoire, malgré tout ?

Armand de Kergaz parlait dans la vie comme on parle au théâtre, avec feu et exagération. Il avait connu des existences multiples et tourmentées qui l'avaient convaincu qu'au fond, la vie n'était qu'une scène sans pitié où les amours et les haines s'entrechoquaient comme des lames. L'excès de son verbe couvrait une rare grandeur d'âme, que cette époque impitoyable aurait pu qualifier de naïveté. En cet instant, sa joie était aussi réelle que celle d'un duelliste ayant touché après un assaut serré.

– Une fois de plus, lança-t-il à Rocambole, tu as fait pencher la balance en ma faveur ! Je ne me suis pas trompé sur toi, allons, quand je t'ai vu pour la première fois à la taverne de la sinistre mère Fipart. Tu étais crotté de la tête aux pieds, avec la figure barbouillée de charbon ! Mais je sais jauger les hommes, on ne m'enlèvera pas cela !

Rocambole sourit et, entourant les épaules de sa protégée, il la poussa légèrement en avant :

– Mlle Fauvette, pensionnaire à l'orphelinat de l'Enfant-Roi...

Fauvette esquissa une gracieuse révérence, la première qu'elle eût jamais accomplie dans le vrai monde.

– M. Clarisse est mort, enchaîna Rocambole, et j'ai dû m'acquitter de sa mission.

Armand de Kergaz se rembrunit.

– Pauvre Clarisse ! soupira-t-il. J'aurais dû t'écouter, Bastien ! Tu avais suggéré qu'un homme en armes et rompu au combat se charge de l'affaire. Je pensais bien faire. Clarisse était loyal et discret...

– Cela n'aurait rien changé, coupa Rocambole. Ce sont les Habits Noirs, et derrière eux se profile qui vous savez.

Armand de Kergaz ne dit rien, soit qu'il connût depuis le début l'identité de ses adversaires, soit

que leur présence dans cette affaire le surprît peu. Il considéra Fauvette avec une tendresse presque paternelle.

– Approche, jolie demoiselle !

L'adolescente quêta l'approbation de Rocambole qui la lui donna du menton. Elle obtempéra, quoiqu'à petits pas. L'atmosphère étrange du château, le danger qui rôdait à l'extérieur et dont elle se sentait la cible, se liguaient pour lui inspirer une certaine méfiance. Ce n'est qu'à contrecœur qu'elle laissa les mains du comte prendre les siennes. Elles étaient glacées. Il la détailla avec une affection touchante, cherchant dans ses traits un souvenir enfui.

– Pardonne-moi, mon enfant, de t'avoir mise en danger. Je pensais, en agissant comme je l'ai fait, t'éviter de tomber entre les mains d'un monstre. Je te dois une explication. Après une longue enquête, je suis convaincu que tu es la fille naturelle de ma défunte épouse, Jeanne. Je n'ai appris ton existence que tout récemment.

– Vous n'êtes donc pas mon père ? demanda-t-elle.

Armand de Kergaz lâcha son étreinte, soudain pensif, comme si une ombre avait traversé son esprit.

– Hélas non, chère Fauvette. Ton père… ton père n'est autre que… mon frère, Andrea. Un être vil et sans scrupule. Tu es bien jeune et je répugne à te confier ces choses, mais…

Armand de Kergaz fit un signe à Bastien, qui lui tendit en retour une liasse de documents extraite d'un coffret en bois posé en évidence à portée de main. Le comte fit mine de les parcourir, mais sans doute en connaissait-il le contenu par cœur.

– J'ai ici de vieilles lettres qui ont appartenu à Jeanne avant qu'elle devienne mon épouse. Elles prouvent sans ambiguïté possible la nature de ses relations avec mon frère voici treize ans et la naissance d'une enfant non désirée.

– Bastien m'a informé du décès de la comtesse, dit Rocambole. J'en suis très attristé. J'aimais beaucoup Jeanne de Balder.

– Jeanne de Balder ! (Un sourire ourla la lèvre lasse du comte.) Pour toi, elle n'a jamais cessé d'être Jeanne de Balder, cette pauvre fille démunie issue d'une famille aristocratique déchue… Elle te rendait ton affection, mon garçon, doublée d'une estime datant de l'époque où tu l'as tirée des griffes d'Andrea pour la placer dans mes bras, si j'ose dire ! Ce démon l'adorait. Oui, il l'adorait, et quand le démon adore…

Il répéta cette dernière phrase d'une voix sourde et s'abîma à voix haute dans ses souvenirs.

– Oui, ma pauvre Jeanne… Un mal inexplicable l'a emportée, une faiblesse contre laquelle elle a lutté sans espoir. Jour après jour, la vie la quittait, s'évaporait de son corps, sans que nul sache comment la retenir. Désormais, elle repose en paix dans la crypte familiale et me laisse inconsolable… C'est la malédiction qui règne dans ce château. Tant de crimes ont été commis ici. J'ai été fou de croire que notre présence y changerait quelque chose.

– Je ne crois pas aux malédictions, coupa Rocambole avec désinvolture. La poisse, oui, la mouise, oui encore, et l'encrasse que donc ! Mais la malédiction ! Vous ne me ferez pas goûter de cette soupe-là.

Il avait parlé fort, comme pour défier le silence de sépulcre qui engourdissait ces murs.

– Crois-tu ? rétorqua le comte, résigné. Le mal marque plus durablement les lieux et les êtres que le bien. (Il se tourna légèrement vers Fauvette.) Le destin des Kergaz s'est toujours joué ici. Mon père quitta ces lieux pour ne jamais les revoir, assassiné qu'il fut durant la campagne de Russie par son propre lieutenant, un lâche du nom de Felipone.

A cette évocation, Bastien baissa la tête, rongé par une douleur ancienne.

– Ce traître, poursuivit Kergaz, ce Felipone, revint ici en maître et parvint à séduire ma mère, ma propre mère, oublieuse de ses devoirs ! Il régna en tyran des années durant, dilapidant notre fortune et notre honneur. Une nuit, il trouva que je grandissais bien trop vite à son gré, moi, l'unique héritier, et il me jeta du haut de ces falaises… tandis que ma mère mettait au monde mon demi-frère, ce démon que le monde n'a pas fini de redouter : Andrea. Sur son lit de mort, Felipone fut pris d'un étrange remords et nous fit chercher tous les deux : l'aîné et le cadet. Il me rétablit dans mes droits et déshérita son propre rejeton pour prix de sa repentance. Cet affront me vaut la haine éternelle d'Andrea, celui qui se fait aujourd'hui appeler sir Williams.

Fauvette mit un instant à relier les fils compliqués de cette ascendance, avant de comprendre soudain :

– Vous voulez dire… Andrea et sir Williams ne font qu'un ?

– Oui, et tout porte à croire que tu es sa fille, acheva Armand de Kergaz.

Cette révélation glaça les sangs de Fauvette.

– Il est trop tard pour retourner à l'orphelinat ?

– Comment ces documents sont-ils arrivés en votre possession, comte ? s'informa Rocambole.

– J'ai découvert il y a peu une cache aménagée dans la chambre de mon épouse, qui renfermait ces papiers, réunis dans une grande enveloppe… Ce sont indiscutablement des lettres d'amour adressées à mon frère, du temps où ils se fréquentaient à Paris.

– Ne pourrait-il s'agir de faux ?

– Non, mon ami. Je les ai lues et relues, même si un fer brûlant ne m'aurait pas davantage torturé. Ces lettres sont de Jeanne et attestent qu'un temps au moins avant de se lier à moi, elle s'est laissé séduire par mon démon de frère. Elle a mis au monde cette petite fille en cachette et l'a aussitôt confiée aux religieuses de l'Enfant-Roi. Sur son lit de mort, elle m'a pressé la main, elle m'a supplié de lui pardonner, comme si elle avait commis un crime inexpiable. Sur le moment, je n'ai pas compris pourquoi, mais maintenant… J'imagine qu'il doit rire, l'infâme Andrea, en songeant à ma souffrance ! Je suis convaincu que Jeanne avait acquis récemment ces documents et qu'elle a voulu me les cacher. Ces derniers temps, son attitude avait changé à mon égard. Elle faisait chambre à part et restait des heures à jouer du piano. Je suis convaincu que ces lettres ont causé sa mort. Le remords et la souffrance de l'âme peuvent

conduire à cette issue, parfois. J'en sais quelque chose.

– Quelqu'un lui aurait donc récemment procuré à votre insu ces souvenirs d'un passé coupable ? s'interrogea Rocambole. Il ne peut s'agir que de sir Williams-Andrea, de quelque façon que vous l'appeliez. Qui d'autre ?

– Je ne le nie pas. Il a toujours été jaloux de notre bonheur. Il tient sa terrible revanche, à présent. Dès que j'ai eu connaissance de ces lettres, j'ai demandé à M. Clarisse, mon homme d'affaires à Paris, de mener l'enquête pour qu'il découvre l'enfant dont il est fait mention dans les lettres. Ses investigations l'ont conduit à l'Enfant-Roi. En mémoire de Jeanne, je désire adopter Fauvette et l'aimer comme ma fille. Plus tard, elle deviendra mon héritière, la nouvelle comtesse de…

Sa phrase s'interrompit net. Il ouvrit la bouche comme s'il manquait d'air. Il se contorsionna, se griffa le torse, et serait sans doute tombé si Bastien ne s'était précipité sur lui pour contenir ses sursauts. Rocambole servit rapidement un verre de cognac qu'il lui fit boire. La couleur revint aux joues d'Armand de Kergaz. Il parut reprendre ses esprits.

– Pardonnez-moi. Je… Ces accès me prennent à l'improviste.

– Il se fait tard, décida Rocambole, et je suis d'avis que le destin de votre lignée attende jusqu'à demain.

– Tu as raison, mon ami, approuva le comte. J'ai toujours manqué de sens pratique. Je promets de m'amender. Bastien, je t'en prie, installe mes invités et, par pitié, cesse de monter la garde au-dehors, ou tu y laisseras ta santé !

L'ancien grognard marmonna quelque chose dans sa moustache et, prenant un chandelier, invita Rocambole et sa protégée à le suivre.

6/ Apparition

Fauvette n'arrivait pas à trouver le sommeil. Pourtant, elle n'avait jamais occupé plus belle chambre, toute tendue de velours gris, ni lit plus confortable — si haut qu'elle avait l'impression d'être étendue sur un ballon... Mais l'atmosphère inquiétante du château avait de quoi la tenir éveillée. Les couloirs bruissaient de mille craquements, de mille soupirs, et l'ombre d'un passé maudit rendait l'air oppressant.

Pour un peu, Fauvette en aurait regretté sa vie à l'orphelinat, rythmée par les ordres et les coups de sifflet. Elle songea à Pauline qui était demeurée là-bas, sans se douter des conséquences de sa fugue.

L'adolescente n'eut soudain qu'une envie : prendre la fuite et laisser là Rocambole, les Habits Noirs, sir Williams et le comte de Kergaz, comme l'on referme un livre et s'en désintéresse pour courir au-dehors. Cependant, elle savait dans son for intérieur qu'il était trop tard. Où qu'elle se terre, les ennemis du comte la retrouveraient.

Une violente bourrasque fit trembler les hauts vitrages, et lui fit remonter sa couette jusqu'au front. Par-delà le mugissement de la tempête, il lui sembla entendre le son léger d'un piano. C'était une valse douce et mélancolique, jouée par des doigts de fée. Fauvette sortit la tête et laissa son regard courir sur le si lointain plafond où il semblait que la cantilène dérivait tel un rêve. Puis la musique s'éteignit.

Un long moment passa.

Une nouvelle rafale ouvrit cette fois la fenêtre toute grande, déversant un parfum âcre d'embruns. Surprise, Fauvette bondit de son lit pour vivement la refermer. Elle s'arc-boutait sur la poignée lorsqu'elle fut saisie d'un haut-le-corps. D'abord, elle pensa que le vent avait emporté une robe, laquelle ondulait légèrement au-dessus de la cour. Pourtant, une forme humaine moulait le délicat tissu, celle d'une femme si belle, si pâle, qu'elle aurait pu être de cristal. Un instant, elle se retourna, comme alertée par le regard posé sur elle.

Fauvette fit un bond en arrière, comme frappée d'une flèche, un cri figé sur ses lèvres. Elle n'avait fait qu'entrevoir les yeux noirs comme un puits, des yeux qui l'avaient sondée jusqu'à l'âme... Quand elle osa regarder de nouveau, l'apparition s'était évanouie.

– Que se passe-t-il ?

Inquiété par le bruit, Rocambole était accouru, en simple chemise, son pistolet à bout de bras. Ses yeux brillaient dans le noir et Fauvette comprit qu'il ne s'était pas couché mais, en dépit de sa fatigue, montait la garde dans la chambre voisine.

– Que se passe-t-il ? répéta-t-il.

– Là ! s'écria Fauvette en pointant son index vers la cour. Il... il y avait une femme !

Le jeune homme se pencha par la fenêtre, et se tordit le cou dans toutes les directions. Apparemment, la nuit venteuse ne lui apporta aucune réponse. Il referma les vitres avec soin. Fauvette s'était déjà réfugiée dans son lit, la tête sous la couette.

– Mademoiselle Fauvette aurait-elle des visions ? railla-t-il.

– Facile de se moquer, répliqua-t-elle de sous l'édredon.

– Ce n'était qu'un cauchemar.

– Un cauchemar ? s'égosilla Fauvette en refaisant surface. Un cauchemar tout éveillé, alors, parce que je ne dormais pas. J'ai vu une femme, une femme très belle dans une robe blanche déchirée, avec des cheveux défaits. Elle a traversé la cour comme… comme… un fantôme !

– Un fantôme ? C'est peut-être une cuisinière ou une servante que Bastien aura oublié de mentionner…

– Et elle se promène en pleine nuit par ce temps ?

– C'est entendu. Alors quoi ?

– Je vous promets que je n'ai pas rêvé, pas plus que je n'ai rêvé la musique qui jouait il y a un instant encore…

– La musique ? Oui, je l'ai entendue aussi… Elle vient du second.

– C'était une valse.

– Je n'ai pas l'oreille très musicale. Peut-être le comte est-il victime d'insomnies et se relève-t-il la nuit pour jouer ? Nous irons le lui demander demain.

Fauvette frissonna en regardant les murs de la chambre.

– Vous croyez qu'il y a des araignées, ici ? Je déteste les araignées...

– Oui, c'est très possible, concéda Rocambole. Pour les effrayer, il suffit de les regarder droit dans les yeux.

– Très drôle ! Je vais vous dire. Je crois que... que c'est la comtesse qui hante cet endroit ! Comment en serait-il autrement ? Il s'est produit tant d'horreurs ici par le passé ! Je crois le comte quand il parle de malédiction. Je vous en conjure, monsieur Rocambole, laissez-moi partir ! Dès demain, mettez-moi dans la première diligence pour l'orphelinat. Je n'ai rien de commun avec ce M. de Kergaz. Il ne m'aime pas. Je ne suis ici que parce qu'il désire contrecarrer les intrigues de son frère Andrea, celui qui se fait appeler sir Williams !

– Tu te méprends sur le comte, la tranquillisa Rocambole en s'asseyant sur le rebord de son lit. Je le connais depuis des années. J'étais le pire des aigrefins, le plus sale voyou qu'on puisse imaginer, avant de le rencontrer. Il m'a donné l'occasion d'utiliser mes capacités pour servir de bonnes causes. Nul n'est plus honnête et désintéressé. Il craint sincèrement pour ta sécurité. Lui et moi, nous savons de quoi sir Williams est capable.

– Et je serais la fille naturelle d'un pareil monstre ?

– On ne choisit pas ses parents ! Ta naissance remonte à une époque où Jeanne de Balder vivait dans l'indigence. Elle qui descendait d'une noble famille était contrainte de faire des ménages et des travaux de couture. Sur cette partie de sa vie, nous n'avons pas à porter de jugement. Elle n'avait pas encore rencontré Armand de Kergaz et n'a donc pas trahi sa confiance. Si sir Williams est parvenu à la séduire dans le plus grand secret, il a alors profité d'un moment de faiblesse et de vulnérabilité. Son crime n'en est que plus grand. L'amour n'est pas le meilleur conseiller, tu verras quand tu seras un peu plus grande.

– Je suis bien assez grande ! se défendit Fauvette. Et vous m'avez l'air mal placé pour donner des leçons en la matière ! Vous n'êtes pas marié, que je sache, et vous n'avez pas d'enfants !

Rocambole partit d'un grand éclat de rire.

– Évidemment non ! Que ferais-je d'une telle tribu ? J'ai toujours vécu libre et sans entrave. D'ailleurs, je n'ai jamais été amoureux.

– Parce que vous ne savez pas.

– Quoi ? se récria le jeune homme. Bien sûr que si ! Seulement… seulement, je n'ai pas envie, voilà !

L'étrange réponse laissa Fauvette circonspecte sur les véritables connaissances de Rocambole en matière d'amour romanesque.

– Je dois vous faire un aveu, monsieur.

– Cesse de m'appeler monsieur. Appelle-moi patron ! Tu fais partie de ma bande, à présent !

– Votre bande ? Eh bien, patron, je vous dois une confidence, je suis…

A cet instant précis, Bastien passa sa tête par l'entrebâillement de la porte, vêtu d'une chemise de nuit et d'un bonnet à pompons.

– Que se passe-t-il ? J'ai cru entendre un bruit…

– Rien, fit Rocambole en se redressant. La fenêtre s'est ouverte et Fauvette a pris peur.

– Peur, moi ? se récria la jeune fille.

– Dès demain, je mènerai mon enquête, lui souffla Rocambole. D'ici là, motus, et tâche de dormir.

Elle le vit retourner dans sa chambre avec un serrement au cœur.

– Oui, patron ! soupira-t-elle.

7/ La vie de château

A son réveil, Fauvette fut étonnée de voir le soleil si haut dans le ciel. Les bourrasques de la nuit avaient nettoyé le ciel de la côte. L'invitée du comte de Kergaz s'étira en bâillant, puis, rejetant vivement les draps, partit jeter un coup d'œil par la fenêtre. La cour était déserte. Baigné par la clarté du jour, le castel de Kerloven paraissait moins lugubre. Et puis le spectacle de la mer qui grondait par-delà la dentelle rugueuse des falaises avait de quoi fasciner une adolescente qui, pour toute nature, n'avait jamais connu que les allées du jardin du Luxembourg où sa chambrée allait se promener le dimanche en rangs serrés.

– Bien dormi, petite ?

Fauvette se retourna. Bastien venait de déposer un colossal plateau de petit déjeuner d'où s'évadait un délicieux arôme de café fort.

– Je ne vais pas manger tout ça ! s'inquiéta Fauvette.

– Ce n'est pas de trop à ton âge. Et puis tu sembles avoir un peu de retard...

Fauvette jeta un œil interloqué à l'abondance de victuailles — ce qu'elle mangeait en trois semaines à l'orphelinat ! Elle décida de piocher d'abord dans les brioches à peine sorties du four.

– Je vais rester longtemps ici ? demanda-t-elle la bouche pleine.

Avec l'instinct sûr des jeunes gens, elle avait reconnu en Bastien un brave homme, chaleureux sous ses airs bourrus. L'ancien grognard la toisa comme s'il n'avait pas bien compris la question.

– Tu parles comme une prisonnière. Crois-moi, ce n'est pas le cas. Le comte n'a qu'une idée, te donner une excellente éducation et faire de toi une vraie châtelaine.

– Je me vois mal dans ce rôle.

– Parce que tu n'as pas encore l'âge de voir loin. Le moment venu, tu t'appelleras comtesse de Kergaz. Ainsi, la lignée de mon maître trouvera une tige verte et saine sur laquelle repartir de plus belle… et non une branche pourrie, rongée par les vers, ajouta-t-il d'une voix sourde.

L'appétit venant en mangeant, Fauvette fit un sort au petit déjeuner. Bastien, qui l'observait sans rien dire, remarqua qu'elle cachait du pain sous sa chemise.

– Inutile d'en mettre dans tes poches, tu sais : personne ne te le prendra.

A contrecœur, elle remit son butin à sa place.

– Une vieille habitude, confessa-t-elle. Les sœurs me punissaient souvent. Elles enfermaient les récalcitrantes pendant des jours au sous-sol.

– Oh, je comprends, soupira Bastien. J'ai toujours pensé qu'il valait mieux affronter un ennemi sanguinaire plutôt que ces cornettes déplumées. J'ai connu l'armée, fichtre oui ! J'ai connu la faim, la soif et le froid… Un froid terrible, inimaginable… Et des batailles ! Je ne te parle pas des escarmouches de pacotille, hein, où l'on tire dans les ruelles sur des pauvres en guenilles ! Non, je parle des vraies batailles sous les ordres de l'Empereur en personne. Napoléon m'a serré la main, une fois. J'étais à Austerlitz, à Wagram, à Friedland ! A Waterloo aussi, pour mon malheur… J'ai tellement de cicatrices que ma

carcasse ressemble à celle d'un bœuf raté par l'équarrisseur.

La formule plut à Fauvette, qui s'esclaffa en manquant s'étouffer. Pourtant, les souvenirs confus de la nuit lui revinrent presque aussitôt :

– Je suis certaine d'avoir vu une femme qui traversait la cour cette nuit... Vous avez bien dit que les domestiques étaient partis, n'est-ce pas ?

– Hum... En fait, oui, à part une cuisinière. C'est certainement elle. Une brave femme, qui a l'habitude de partir tard.

Fauvette ne parut pas très convaincue par son explication.

– Je vais te laisser, dit Bastien. A plus tard.

Comme le majordome sortait dans le couloir en hochant la tête, il se heurta presque au comte de Kergaz. Celui-ci avait troqué sa robe de chambre pour un habit d'intérieur, ce qui ne lui était pas arrivé depuis fort longtemps. Ce détail médusa l'ancien grognard.

– Monsieur le comte ! Vous n'êtes pas raisonnable, dans votre état de faiblesse actuel. Vous devriez vous recoucher...

– Non, non... Je descends travailler dans la bibliothèque. Il convient que je reprenne mes affaires en main. J'ai trop laissé les choses aller à vau-l'eau.

Quel héritage sera celui de Fauvette si je continue de me négliger ? A ce propos, comment va-t-elle ? Penses-tu qu'elle accepterait de me voir ? J'ai le sentiment de lui avoir fait mauvaise impression hier soir...

– Pourquoi pas ? Elle me fait l'effet d'une brave petite, pas très gâtée par la vie, mais prête à mordre dedans à pleines dents !

Kergaz hocha la tête.

– Dis-moi, as-tu vu Rocambole, ce matin ?

– Tôt ce matin, je l'ai aperçu qui traversait la lande en direction du village. Du moins j'ai reconnu le cheval, car pour ce qui est de l'homme... il était méconnaissable, selon son habitude !

– Il a une idée derrière la tête.

– Et moi, je m'inquiète de ces Habits Noirs que l'on voit sur la lande. Ils épient le château. C'est la raison qui m'a fait monter la garde hier soir.

– Mon frère ose rarement attaquer de front. La rase campagne lui a toujours déplu. Il préfère de loin les embuscades. S'il m'arrivait malheur, je compte sur toi pour t'occuper de Fauvette. Tu seras son tuteur et son précepteur jusqu'à sa majorité.

– Moi ? Allons donc ! Une vieille bête de soldat, qui n'a jamais connu femme autrement que dans

les maisons de tolérance ! Quel admirable tuteur je ferais !

– Je te connais bien. Tu as loyalement servi mon père le colonel avant de m'être tout dévoué. Tu feras un excellent protecteur pour cette enfant. Et puis tu ne seras pas seul : Rocambole n'est jamais bien loin.

– Puisque nous en parlons, je crois que la petite a vu quelqu'un cette nuit… Une femme…

Cette révélation fit passer le comte du rouge à la pâleur la plus extrême.

– Quoi ? Elle te l'a dit ?

– Vous auriez dû tout raconter à Rocambole.

– J'ai mes raisons pour ne pas l'avoir fait. Il me croirait fou. D'ailleurs, je me crois fou moi-même. A moins qu'il ne s'agisse de cette maison. Oui, c'est sans doute cette maison qui est folle.

Comme il inspectait avec terreur les cintres noircis de la voûte, le carillon caverneux de la porte d'entrée retentit. Les deux hommes tressaillirent, bien qu'il fît plein jour et que le soleil s'engouffrât par toutes les fenêtres.

– Qui cela peut-il être ? interrogea le comte, effrayé.

– Je descends ouvrir, maugréa Bastien. Quand bien même ce serait le diable…

Le vieux grognard descendit d'une démarche décidée. Il ne pensait pas si bien dire, car sitôt qu'il ouvrit le lourd battant, il resta médusé devant la haute silhouette qui émergeait de la brume matinale tel un spectre attardé.

– Vous ??? s'écria-t-il.

Le diable, en effet…

8/ La cameriste

– Parfaitement, monsieur le marquis ! Comme je vous le dis ! Son fantôme ! Je l'ai vu rôder autour du château, en pleine nuit ! Car elle est morte, Dieu m'est témoin ! J'ai aidé à porter le cercueil dans la crypte familiale du château...

L'homme qui parlait de la sorte était un brave pêcheur que les rhumatismes consignaient désormais à terre. De son propre aveu, il passait son temps à observer la côte avec sa lorgnette de vigie — magnifique instrument chromé qu'il caressait comme un animal de compagnie —, ne se privant pas d'observer ses semblables de jour comme de

nuit. Le marquis Chamery de Chameroy retroussa sa moustache élégante avec ce geste familier des gens du beau monde. Il rajusta son monocle et décida qu'il était temps de commander une nouvelle tournée pour son hôte.

– Aubergiste !

Depuis qu'il était entré dans l'unique taverne du village de Kerloven — l'Auberge de l'Ancre, à environ deux lieues du château par la lande —, il avait attiré la sympathie de cet habitué en lui payant en une heure ce qu'il sifflait d'ordinaire en une semaine. Cette prodigalité avait attiré d'autres assoiffés. Sa bourse pleine n'aurait pas suffi à délier les langues, si ce protecteur des buveurs n'avait précisé qu'il était l'hôte et l'ami du comte. Chacun s'était alors regardé d'un air sinistre et y était allé de son couplet. Il n'était pas encore midi que Rocambole — sous son nouveau déguisement — avait appris tout ce qu'il désirait apprendre. Pourtant, il insista :

– Le fantôme de la comtesse de Kergaz, vous en êtes certain ? demanda-t-il d'un ton badin, comme s'il s'agissait d'une plaisanterie. Vous savez, je l'ai connue à Paris : une dame de qualité, réservée certes, mais d'une grande amabilité.

– Mon prince, je veux dire… marquis ! se défendit le loup de mer entre deux hoquets. Vous pouvez m'en croire. C'était une belle et gentille dame, sûrement ! Elle venait au port avec sa cameriste car elle ne dédaignait pas les crustacés. Je l'ai souvent aidée à en mettre un plein cageot dans sa carriole.

– Elle avait donc une femme de chambre ?

– Si fait ! La Madeleine Kerouët qui habite la maison basse sur la falaise. Une fille perdue, si vous voulez mon avis. Après la mort de sa maîtresse, elle a quitté le service du comte. Rien ne l'aurait obligée à demeurer plus longtemps au castel. On peut la comprendre !

– Passionnant ! s'extasia l'ineffable marquis. J'irai lui rendre visite avant le déjeuner. J'ai des chaussettes à faire repriser et figurez-vous que le comte ne dispose plus pour tout domestique qu'un vieux benêt !

– Oh, celui-là, le Bastien, on le connaît bien, ici ! Et Napoléon par-ci, et Napoléon par-là ! M'est avis qu'il n'a pas fait le quart des campagnes qu'il prétend.

– Au moins lui, il est resté au château, lança un moussaillon qui venait de s'incruster au cercle des aînés.

Les autres le toisèrent avec dédain.

– Parle donc ! Parle donc, vantard ! lui fut-il répondu. Tu n'y serais pas resté davantage.

Le jeunot haussa les épaules. Le marquis bâilla avec distinction :

– Décidément, ces mystères de terroir me passionnent. Paris n'en recèle plus de semblables. Bien sûr, on rencontre encore quelques fantômes au Père-Lachaise, toujours les mêmes, d'ailleurs. Ils sont si connus que vous verrez, notre administration si tatillonne à l'égard du pauvre peuple finira par les taxer (il partit d'un rire flûté). Tandis qu'ici, en Bretagne, bien des secrets restent à percer…

Rocambole attendait une repartie. Il ne fut pas déçu. Elle vint du moussaillon.

– Moi, je n'ai pas vu la comtesse errant sur la lande, déclara-t-il fièrement, et je ne passe pas mon temps à espionner mon prochain avec ma lorgnette. En revanche, j'ai vu des lumières dans le ressac, en bas des falaises.

Cette révélation lui attira rires et quolibets. L'exquis marquis poussa devant lui un gobelet qu'il remplit pour encourager ses confidences.

– Ce n'est pas un endroit idéal pour la navigation. Pour ce que j'ai vu en me penchant ce matin — et j'en ai eu le mal de mer, mes amis —, c'est qu'il ne serait guère prudent d'y faire avancer une barque…

– Ce sont des follets ou des choses venues de l'au-delà…, assura l'apprenti.

– Va-t-on laisser un mousse boire à la place des hommes ? s'indigna le loup de mer, mécontent de s'être fait voler la vedette. Pfff… De tout temps, on a vu des follets ici ! Qu'ils dansent sur les eaux me surprend à peine !

– Des follets ! feignit de se gausser le marquis. Comme c'est charmant ! Après ça, allez-vous me dire que des hommes tout vêtus de noir parcourent la lande certains soirs ?

La remarque figea les auditeurs, au point que le marquis eut le sentiment de perdre en un instant le crédit qu'il avait eu tant de mal à obtenir depuis son arrivée.

– Comment le savez-vous ? s'enquit le loup de mer d'un air grave et soupçonneux.

– Mais… je n'en savais rien. Ce n'était qu'une plaisanterie.

– Une plaisanterie, hein ?

En un clin d'œil, le cercle s'était défait. Chacun avait retrouvé son occupation ordinaire ou une bonne excuse pour filer.

– Eh quoi ? lança le marquis. Qu'ai-je dit qui vous froisse ?

Personne ne daigna lui répondre. Seul était resté le moussaillon qui triturait son bonnet en lorgnant le reste du pichet.

– C'est que, monsieur le marquis, il ne faut pas parler des hommes en noir. Ils sont comme les corbeaux un soir de tempête. Il arrive toujours malheur à celui qui les voit.

– Mais ils doivent bien sortir de quelque part ?

– Personne n'en sait rien. Ils apparaissent, ils disparaissent. (Il ajouta un ton plus bas :) Ce sont les mauvais esprits de la lande. Des diables… et je ne serais pas étonné que les fameux follets, ce soient eux, qui se transforment après le coucher de soleil !

Le garçon finit son gobelet et, sentant peser sur lui les regards hostiles de ses compagnons, il lança un vague salut et s'éclipsa. Rocambole en fut quitte pour jeter quelques pièces sur la table et saluer les ingrats. Il quitta l'Auberge de l'Ancre pour traverser le village d'un pas souple, balançant sa canne à pommeau d'argent, avec l'air indiscutable du dandy en goguette. Il arriva sur le port pittoresque, où les pêcheurs commentaient leurs prises et les femmes vêtues de noir, surmontées de

leurs bonnets de dentelle à la mode du pays, s'affairaient en silence à remailler les filets. Le marquis s'attira des regards curieux, tandis qu'il prenait le chemin de la falaise, en direction de la maison basse de l'ancienne camériste de la comtesse.

Comme il approchait, il aperçut une jeune femme qui étendait sa lessive dans le jardinet ceint d'un muret de pierre. Rocambole admira sa taille joliment chantournée, ses cheveux clairs noués en chignon et son visage rosi par les embruns. Lorsqu'elle aperçut le visiteur qui poussait le portillon, Madeleine Kerouët poussa un cri et battit en retraite. Rocambole fut plus prompt que sa pensée et lui barra le passage.

– Je ne veux pas vous effrayer, ma belle enfant ! Je suis le marquis Chamery de Chameroy. Je réside pour un temps au château du comte de Kergaz…

Madeleine était aussi blanche que le linge qui flottait au vent. Ses yeux emplis de crainte s'assurèrent par-delà le visiteur qu'il était bien venu seul.

– Allez-vous-en, qui que vous soyez ! conjura-t-elle.

Le marquis sortit de sa poche une superbe paire de bas de laine à rayures rouges et blanches qu'il balança lentement à la manière d'un hypnotiseur.

– Le comte de Kergaz vous a recommandée à moi. Ainsi que vous voyez, mes bas de nuit sont effilochés. Je suis très sentimental, et je ne peux m'endormir sans.

– Monsieur le comte ? répéta la jeune fille, dont l'inquiétude grandissait au fil des secondes. Entrez, dans ce cas. Entrez vite !

Rocambole fut plus qu'invité à pénétrer dans le vestibule, il y fut comme aspiré. Madeleine referma le verrou derrière eux et s'adossa au battant, le souffle court.

– Le comte de Kergaz m'a informé que vous étiez la caméristе de sa défunte épouse, reprit le visiteur en faisant mine d'admirer l'intérieur simple et bien entretenu.

Madeleine tremblait de tout son corps. Elle plaqua son tablier sur le bas de son visage et, après une seconde de cet isolement, elle reprit la conversation d'un ton normal :

– Je vous prie de m'excuser, monsieur le marquis.

– Vous m'avez pris pour quelqu'un d'autre, avouez ! glissa malicieusement Rocambole. Quelqu'un avec une cape, un gibus et une canne... Un Habit Noir, peut-être bien ?

– Que dites-vous là ? s'écria Madeleine, à nouveau assaillie par la peur.

– Rien que les hommes du village n'aiment raconter, on dirait.

– Je... Je... vais m'occuper de vos bas sur-le-champ.

Elle chercha de ses doigts délicats le fil et les aiguilles dans une boîte à couture et entreprit de les raccommoder. Rocambole en profita pour écarter légèrement le rideau de dentelle et observer les alentours. Il lui sembla distinguer quelqu'un sur la lande, qui tendait une longue-vue dans sa direction, mais la vision fut si fugitive qu'un instant après, elle avait disparu...

– La mort de la comtesse a provoqué un grand chagrin, soupira-t-il.

– Oui... oui, balbutia la fille. Tout le monde ici l'aimait. Ce fut un drame que ce mal énigmatique et si soudain... Elle s'est languie trois jours durant, comme rongée de l'intérieur. Elle avait des cernes jaunes sous les yeux. Elle faisait peine à voir.

Ce dernier détail fit tiquer Rocambole.

– Des cernes jaunes ? Y en avait-il autour de ses oreilles, également ?

– Mais... oui, pour autant que je me souvienne !

Madeleine avait interrompu son mouvement d'aiguille.

– Une fois, poursuivit Rocambole, j'ai assisté à un dépérissement tout semblable sur une île isolée

de Malaisie, une femme atteinte d'une fièvre mystérieuse, et pour tout dire inexplicable.

– La Bretagne n'est pas l'Afrique..., balbutia Madeleine en s'efforçant de sourire.

– La Malaisie n'est pas en Afrique, mais en Asie. C'est une région parmi les plus reculées de notre monde. Les rituels tribaux y sont demeurés tels que, depuis des siècles. N'avez-vous jamais été victime de symptômes, comme une grande soif, une faiblesse soudaine, des maux de tête... et des taches jaunes ?

– Voilà, je crois que vos précieux bas sont reprisés, monsieur le marquis...

– Ils sont comme neufs, approuva le marquis. A n'en pas douter, vous avez des doigts de fée, mon enfant.

Il lui donna une pièce d'or, suscitant l'étonnement autant que l'admiration de son interlocutrice.

– Connaissez-vous cette rumeur selon laquelle la comtesse hanterait le château durant la nuit ?

– Ce ne sont que superstitions...

– Je le sais bien... mais vous, ma fille, qu'en pensez-vous ?

– Je ne me promène pas la nuit dans les parages du castel. Il faudrait être fou pour y songer. Et je doute que quiconque au village puisse s'en vanter.

Son ton s'était raffermi, et même, crut déceler Rocambole, un brin de défi passa dans ses yeux. Il décida de ne pas questionner plus avant. Il avait récolté plus d'informations que la moisson espérée. Il prit ses précieux bas de laine et, touchant galamment son gibus, s'en retourna au village à grands pas.

9/ Histoire d'épées

Son petit déjeuner englouti, Fauvette explora les couloirs où les vieilles pierres exhalaient un parfum âcre et mélancolique. Elle resta en admiration devant les armures qui flanquaient les angles gauchis, les meubles anciens et cirés qui semblaient receler mille trésors, les panoplies d'armes nobles d'un autre temps. Le château était si grand, et par endroits si sombre, qu'elle aurait pu s'y perdre.

Un escalier biscornu la conduisit sur un chemin de ronde qui surplombait la mer comme l'étrave d'un navire. De ce perchoir fouetté par le vent du large, l'adolescente contempla le panorama de

la mer moutonneuse. Des mouettes griffaient le ciel délavé. L'angoissante impression de la nuit s'estompait de son esprit comme un mauvais rêve lorsque son regard fut attiré par deux cavaliers vêtus de noir, portant haut-de-forme, qui paraissaient surveiller la grille du château.

Son sang se glaça.

Malgré la distance, elle n'eut aucun mal à reconnaître le plus grand : c'était le jeune homme pâle qui l'avait enlevée l'autre nuit à l'orphelinat, celui que Rocambole appelait M. Bellon. Fauvette s'aplatit aussitôt derrière le parapet, le cœur battant la chamade. Ses poursuivants avaient retrouvé sa trace. Ils assiégeaient le château ! Elle se sentit soudain aussi vulnérable qu'une souris prise dans son trou. Elle décida d'informer immédiatement Rocambole et le comte de sa découverte et se replia vivement à l'intérieur.

Comme elle déboulait dans le salon, la surprise la figea sur place. Effondré sur son fauteuil, le comte faisait face à un personnage en habit, de haute taille et large d'épaules, dont elle ne voyait que le dos. Bastien se tenait près de la cheminée, livide, à portée d'une panoplie de sabres. A la façon dont ses doigts se crispaient et se décrispaient, il paraissait en proie à la plus violente des colères rentrées.

– Quelle mine, messieurs ! raillait le mystérieux visiteur. Ne croirait-on pas que vous voyez le diable !

Et ce diable justement, auquel rien ne semblait échapper, se retourna lentement vers l'adolescente stupéfaite. Un sourire fleurit sur ses lèvres épaisses, ses yeux noirs et profonds luisirent d'un éclat féroce, si tant est que les gouffres puissent produire un peu de lumière…

– Justement, nous parlions de toi ! s'écria sir Williams en tendant les bras. Fauvette, chère enfant, viens ! Viens donc embrasser ton père !

M. Bellon tressaillit en entendant approcher le cavalier. Il mit sa monture en opposition devant la grille ouverte et toisa de haut cet intrus, un gandin vêtu avec élégance, qui portait moustache et monocle.

– Le comte de Kergaz est en rendez-vous, lança-t-il d'un ton rogue. Passez votre chemin !

– Je vous entends, jeune homme, répliqua le marquis Chamery de Chameroy. Mais sachez que je réside ici et que rien ne me serait plus désagréable que de rater l'heure du déjeuner.

Aussi, je vous conseille de me céder le passage.

– Vous me conseillez ? railla Bellon en prenant son acolyte à témoin avec un sourire entendu.

Il esquissa un geste en direction de la crosse de sa canne et, faisant pivoter celui-ci d'un quart de tour, exhiba une lame longue de deux pieds, fine et tranchante comme un rasoir, qu'il pointa sur l'inconscient dandy. Il la pointa seulement, car avant qu'il n'ait compris de quoi il s'agissait, la canne à pommeau d'argent du gentilhomme s'était à son tour métamorphosée en épée. Elle s'entortilla si bien autour de sa rivale que son propriétaire vigoureusement contré vida les étriers. La deuxième canaille tenta bien d'intervenir, mais décidément, le délicat marquis était aussi prompt qu'un frelon. Il fit pivoter Sarastro et, d'une arabesque de métal jolie comme une fleur, il contraignit son adversaire à rejoindre le premier.

Puis, il salua avec élégance les deux hommes médusés, assis sur leur derrière, tandis qu'il éloignait leurs montures effrayées.

– La peste, messieurs ! lança Rocambole en faisant virevolter sa lame avant de la nicher dans la canne qui tenait lieu de fourreau, on ne vous aura pas appris qu'il ne fait pas bon empêcher un goinfre de se mettre à table. Vous menacez non seulement l'homme, mais son estomac.

Et sur ces paroles bien senties, il poursuivit son chemin jusqu'au perron, lâchant un éclat de rire que Bellon aurait reconnu entre mille. La fureur lui noua la gorge et il se redressa vivement en brandissant le poing.

– Je te retrouverai, Rocambole ! Et ce jour-là…

10/ Le diable en visite

Sir Williams affecta une mimique de déception en constatant que Fauvette restait figée sur le seuil du salon en refusant de l'embrasser.

– Je suis bien mal récompensé, soupira-t-il. Je pensais trouver ici la joie des retrouvailles, la chaleur d'une famille aimante, mais mon frère une fois de plus me refuse son affection… Et toi, ma fille, ma très chère enfant, tu refuses celle de ton père souffrant. Je serai donc à jamais l'objet du mépris et de la haine, moi l'incompris, le repentant…

Il fit mine d'écraser une larme.

– Assez, Andrea ! coupa Armand de Kergaz, que cette sinistre pitrerie révoltait. Tu n'es capable

que de souiller et corrompre. Tes paroles mêmes portent le souffle de la corruption.

Sir Williams plaça sa main derrière l'oreille, comme s'il venait d'entendre la plus plaisante des mélodies.

– Cher frère, tu n'as pas oublié mon nom… A la bonne heure. J'ai quelque espoir d'avoir conservé une place dans ton cœur. Te souviens-tu de cette nuit d'orage où nous décidâmes toi et moi de croiser le fer pour toujours ? Quelle déclaration ! Quel feu ! Tellement dans ta nature de tragédien raté…

Armand frémit de tout son corps au souvenir de cette heure sinistre et il récita d'une voix grave :

– … Nous verrons qui l'emportera, du philanthrope ou du débauché, et Paris sera notre champ de bataille !

– Paris, reprit sir Williams, dis plutôt le monde…

Bastien avait glissé vers la panoplie d'armes et, d'un geste encore vif, il tira un sabre dont il menaça le visiteur. Celui-ci partit d'un éclat de rire.

– Vieux grognard ! Toujours le même ! N'as-tu pas déjà essayé ce coup-là ? Il me souvient que la joute s'est mal terminée pour ton crâne…

Bastien baissa son arme, comme dompté par le seul regard de sir Williams.

– Voilà qui est mieux, constata le frère dévoyé. Au fond, ne désirez-vous pas entendre par ma bouche si certaines lettres qu'une main sûre a fait parvenir à la défunte comtesse disent la vérité ? Toi, Armand, ne désires-tu pas entendre mon aveu, ne désires-tu pas savoir si Jeanne, durant un moment de faiblesse, a cédé autrefois à mes avances avant de se lier à toi ? (Il marqua un temps, jaugeant l'impatience de son auditoire.) Eh bien oui ! Elle doutait de ton amour, cher cœur, des gens qui l'entouraient, du monde même ! Pauvre enfant, je fus là pour la consoler, et des larmes qu'elle versa naquit cette adorable petite fille qu'elle confia à l'Enfant-Roi dès sa naissance. J'ai suivi l'enquête de M. Clarisse pas à pas. Je savais que la lecture des lettres te conduirait à l'adopter. Tu es si prévisible.

– Peut-être est-ce encore un de tes mensonges ? répliqua Armand de Kergaz, la mâchoire serrée.

Sir Williams lui lança un regard faussement attendri.

– Mentir ? Moi ? Armand, mon bien-aimé demi-frère, tu sais combien j'apprécierais de te voir dévoré par des fourmis de Sumatra — celles qui ont la digestion la plus lente — ou encore découpé vivant en lanières par certaine tribu d'Amazonie

dont le goût culinaire la porte à apprécier tout ce qui saigne et palpite encore. Pourtant, ce que je viens de te dire au sujet de Jeanne est vrai — je le jure sur la tombe de notre mère commune — et commune, elle l'était à bien des égards. Oui, je jure donc que ceci n'est pas un mensonge. J'ai connu Jeanne. Elle a été mienne — si vite, trop vite pour bien me connaître et m'estimer à ma juste valeur — et je me réjouis trop du mal que cela te fait pour l'avoir inventé.

– Assez ! Tu es un misérable !

– C'est bien ainsi que tu m'as toujours considéré, pauvre de moi ! Un misérable ! (Il changea de voix jusqu'à la rendre aussi insidieuse qu'un sifflement de vipère.) Cependant tu peux gémir, enrager, cela ne changera rien à la chose. Le mal est fait, et du mal sort toujours un bien, comme tu le sais… Je viens donc reprendre ce qui m'appartient !

Le comte de Kergaz fit un effort manifeste pour ne pas céder à la fureur. Quoique très pâle et visiblement touché au cœur, il se leva pour faire face à son mortel ennemi.

– Pourquoi, grands dieux ? Cette enfant ne t'est rien…

– L'âge, mon frère ! Je me suis rendu compte au fil des ans que Jeanne manquait à ma vie. J'ai voulu lui rappeler notre bonheur. J'ai peur en l'ayant fait de l'avoir poussée vers la tombe. (Il hocha la tête.) Tant pis.

La douleur accabla le comte au point qu'il dut s'appuyer sur un coin de la table.

– Ton but est atteint, murmura-t-il, je suis détruit et vaincu. Allons, va-t'en, Andrea.

– Pas sans cette fillette.

– Combien d'innocents devront souffrir pour qu'Andrea Felipone, le damné, s'estime victorieux au bout du compte ?

Sir Williams fit mine de réfléchir.

– Combien la terre compte-t-elle d'habitants ?

Pris d'un sursaut de révolte, le comte saisit son frère par le col. Celui-ci observa la tentative avec l'expression détachée d'un python qui enserre un lapin. Puis, sans ménagement, il repoussa son faible agresseur dans son fauteuil. Une moue méprisante se dessina sur ses lèvres.

– Tu n'es pas de taille ! Nos derniers duels n'ont-ils pas été une humiliation suffisante pour toi ?

Bastien fit un pas vers lui. Il avait relevé son sabre.

– Et toi, vieux tonneau, ne t'ai-je pas déjà tué ? Mais ta tête est à l'évidence plus solide que les rochers bretons.

– J'ai vu ton père à l'œuvre, répondit l'ancien grognard en visant entre les deux yeux. C'était une canaille, mais un saint en comparaison de toi. Au moins, il s'est repenti avant de mourir.

– Vous n'êtes pas de taille, répéta celui-ci d'une voix sourde. Et je vais…

Un léger toussotement le fit se tourner.

– Je suis navré de troubler cette touchante réunion de famille, lança Rocambole, toujours sous son déguisement de dandy, agitant sa canne avec une élégance affectée et le monocle à l'œil. Je crois, cher monsieur, que votre suite vous réclame à l'entrée.

Les prunelles de sir Williams lancèrent des feux sombres. Le désir de fondre sur l'importun le traversa, pourtant il n'en fit rien. Comme Bastien un instant auparavant, il parut dompté à son tour par le regard gris qui le scrutait.

– Pardonnez-moi, enchaîna Rocambole. Je ne me suis pas présenté. Marquis Chamery de Chameroy pour vous servir. Et c'est l'heure du déjeuner qui m'amène vers vous. Bastien, qu'en est-il du civet, mon brave ?

Sir Williams se rapprocha de l'intrus, l'examina sous toutes les coutures d'un œil d'abord curieux, puis amusé.

– Votre visage ne m'est pas inconnu. Il me rappelle celui d'un jeune singe que j'adoptai jadis. Il se nourrissait d'épluchures dans le ruisseau et recevait le bâton d'une vieille marâtre qui tenait table aux crapules du côté de Belleville, une certaine mère Fipart. Je l'ai déguisé en animal savant, je lui ai appris des tours et cela semblait lui convenir à merveille, jusqu'au jour où il a mordu la main qui le gâtait.

– Il faut croire que la main était appétissante, répliqua Rocambole sans ciller. Qu'est-il donc advenu du plaisant animal ?

– Il continue ses tours. Il imite son maître. N'est-ce pas le lot d'un singe ? Il espère sans doute plaire de cette façon. Il en va ainsi de ces macaques qui au fond ne recherchent que le sucre.

– Si je le rencontre, monsieur, je lui en donnerai un plein pot.

– Ta transformation est habile, Rocambole, et je vois que tu as retenu mes leçons. Mais parviendrais-tu à te changer en fleur ou en arbre que je saurais te reconnaître…

Rocambole resta de marbre. Sir Williams paraissait évaluer la situation. Elle n'était plus autant à son avantage que l'instant d'avant et il se retira

avec un salut glacé, non sans un regard appuyé en direction de Fauvette.

– Messieurs, serviteur…

Il n'eut pas plus tôt franchi le seuil que Bastien se rua à sa poursuite.

– Il ne faut pas le laisser partir ! Il faut le suivre !

– Je te le déconseille, Bastien ! l'arrêta Rocambole.

– Mais, monsieur ! Il nous conduira à sa cachette… Il doit bien se terrer quelque part…

– Crois-tu sir Williams si naïf qu'il se laissera suivre et pister comme un vulgaire gibier ? C'est un loup, mon ami, et si nous agissons de la sorte, nous tomberons dans un piège, car en venant, j'ai vu plusieurs cavaliers sur la lande. J'ai dû les contourner pour arriver jusqu'à vous…

– Il a raison, approuva le comte. Calme-toi, Bastien. Cela ne sert à rien… Mieux vaut réfléchir et n'agir qu'à bon escient.

Bastien referma la porte en maugréant.

Fauvette frissonna…

11/ Détective Rocambole

– En voilà de tristes mines ! lança Rocambole avec une désinvolture qui contrastait avec la gravité du moment. Pourtant, j'ai des raisons d'être joyeux, moi ! Les vipères sortent de l'ombre ! Sir Williams voulait enlever Fauvette sous vos yeux ? Il a échoué ! En repartant, il aura la surprise de trouver ses gens sur le derrière ! Encore mieux !

– Comment peux-tu te réjouir de la sorte ? s'insurgea le comte. Je suis à présent certain qu'il est le père de Fauvette et fera tout pour la reprendre. S'il attaquait le château avec ses gens pour nous l'enlever de vive force, nous ne serions pas de taille…

– Il n'en fera rien. Son but est autre ! Le moment est venu de contrecarrer la malice par l'intelligence et l'épée par l'épée !

– A ce jeu, nous ne sommes pas assez nombreux ! soupira le comte.

– Sir Williams a établi son quartier général sur cette lande bien avant mon retour. C'est un esprit supérieur, organisé, mathématique ! Il ne dédaigne aucun détail, anticipe toujours la réaction de son adversaire…

– Il est donc invincible ? demanda Fauvette.

– Non. Je l'ai défait à Londres, dernièrement, et son échec n'a fait qu'attiser sa rancœur à mon égard. Il a ses failles. Il raffole de l'argent et du luxe plus encore. Il rêve d'un titre de noblesse également — celui de sir Williams n'est que de pacotille, même s'il impressionne ses sbires. C'est par ce biais que je l'ai berné dans notre dernière affaire. Je le connais assez bien, allez ! J'étais une canaille de ruisseau quand il m'a enseigné les manières du grand monde, la façon de parler, de rire, de se vêtir et de paraître. Il m'a appris l'escrime, le pistolet, l'art de la savate de Montmartre, qui est la technique du corps à corps des voyous. Même la valse ! Ne rêvait-il pas de faire de moi son fils spirituel ?

– Cela ne nous dit pas comment le vaincre ! pesta Armand de Kergaz.

– J'étais au village, tantôt, et vous devriez bien vous y montrer aussi de temps à autre, comte. Les gens parlent, par bonheur, pour peu qu'on leur délie la langue avec un pichet ou deux. Sans le savoir, ils m'ont ouvert les yeux. Jeanne avait une camériste du nom de Madeleine, n'est-il pas vrai ?

– Madeleine Kerouët, c'est exact, convint Armand de Kergaz. Que vient-elle faire dans notre affaire ?

– C'est elle qui a remis ces lettres à votre épouse, j'en mettrais ma main au feu. C'est une créature de sir Williams…

– Vous voyez le mal partout, s'offusqua Bastien. Cette brave fille ? On ne peut guère la soupçonner d'une telle connivence. Je l'ai bien vue se faire courtiser par un gentilhomme lors de la foire, l'an passé, mais…

Sa propre réflexion le fit changer de figure.

– Non ? ! Vous ne voulez pas dire…

– Oh, je ne dis pas qu'elle a eu le choix, mais je la soupçonne de complicité, sinon de déloyauté. Peu importe. Elle entre dans notre jeu. A-t-elle été souffrante durant la maladie de sa maîtresse ?

– Mais… non ! se remémora le comte. Où veux-tu en venir ?

– Voilà ma preuve... Voilà une camériste qui suit sa maîtresse dans tous ses mouvements, l'accompagne au port pour l'aider à faire son marché de crustacés, et ne tombe pas malade bien qu'elle ait eu affaire à ce coffret...

Rocambole prit l'objet et l'ouvrit. Il passa son doigt dans chaque angle et en retira un reliquat de duvet qu'il porta à ses narines. Un sourire lui vint, pendant que Bastien roulait des yeux.

– Veux-tu nous faire croire que le mal qui a emporté Jeanne était contagieux ? s'inquiéta le comte de Kergaz.

Rocambole acquiesça d'un air grave.

– Contagieux, oui... Jeanne ne souffrait-elle pas d'une sorte de mélancolie, une faiblesse induisant une respiration sourde, un teint très pâle et des cernes jaunes sous les yeux et les oreilles ?

– Ah ça ! s'exclama Bastien. Vous voilà donc devin, d'un coup ?

– Détective, plutôt ! Les Anglais utilisent ce mot. Il désigne un enquêteur criminel. Je lui promets un avenir sous notre ciel de France. Les voyages avec sir Williams m'ont beaucoup appris, Bastien. Le mal qui a emporté Jeanne rôde toujours ici. Chacun de vous peut en être victime à tout moment.

– Bastien a été souffrant, admit le comte. Peu après le décès de Jeanne…

– Mais Bastien était soldat, avec un cuir plus dur que la moyenne.

– Je ne te suis pas, avoua Armand de Kergaz.

– Je me suis, moi, et pour l'instant, c'est suffisant. J'aimerais visiter la chambre de Jeanne, si cela ne vous contrarie pas trop.

Manifestement, le comte ne comprenait rien au raisonnement obscur qu'échafaudait son jeune hôte. Pourtant, il fit un signe à Bastien avant de replonger dans un silence morose. Le vieux grognard prit un trousseau et invita Rocambole à le suivre.

Ils grimpèrent au deuxième étage.

Fauvette les suivit sans rien demander, aussi intriguée qu'excitée. Les derniers jours passés en compagnie de l'aventurier l'avaient renseignée sur bien des aspects de son caractère contrasté. Dès l'instant où elle l'avait vu sur le seuil du salon, affrontant sir Williams du regard, elle avait compris que, d'une façon ou d'une autre, il avait mis au jour le plan de son ancien maître.

La chambre de Jeanne semblait encore porter le deuil. La poussière s'était accumulée sur les dais de velours et le mobilier rustique. Dans un coin, près

de la fenêtre, trônait un piano parisien de belle facture. Fauvette tira la manche de Rocambole.

– Regardez, je ne suis pas folle, j'avais bien entendu jouer !

Le jeune homme tira sèchement les tentures, laissant la lumière du jour reconquérir brutalement la place.

– Nul n'est plus entré depuis le funeste jour, dit Bastien d'une voix lugubre en soufflant les bougies devenues inutiles.

– Sauf peut-être le fantôme ? fit Rocambole.

– Le fantôme ? s'écria Bastien. Qui vous a raconté cela ?

– C'est toi qui aurais dû me le raconter, vieux grognard, et non un poivrot à l'auberge de Kerloven ! Le village ne parle que de cela, et des Habits Noirs sur la lande. Je ne saurais te dire lequel de ces deux phénomènes les terrifie le plus ! Veux-tu me faire croire que tu n'es au courant de rien ?

– Je préfère ne pas en parler.

– Fauvette a vu une femme traverser la cour, la nuit dernière.

– La cuisinière, souffla Fauvette. Mais le seul à faire la cuisine, c'est lui…

L'ancien soldat secouait la tête.

– Je ne pouvais rien dire. Il se passe ici des événements étranges sur lesquels nous pouvons à peine mettre un nom. Nous entendons des bruits de pas, et le son de ce piano parfois, la nuit… Et une fois, il m'a semblé voir la comtesse disparaître à l'angle d'un couloir. Mais comment croire une telle aberration ? Comment ?

Rocambole fit un tour sur lui-même, puis se mit en devoir de fouiner. Non pas à la façon calme et méthodique d'un investigateur, mais bien celle d'un félin en chasse, grattant ici, soufflant là, et manifestant son humeur par des mimiques énigmatiques. Il tourna plusieurs fois autour du piano, comme s'il s'agissait d'un animal dangereux qu'il convenait d'approcher avec précaution. Il finit par soulever le couvercle.

Fauvette poussa un cri suraigu.

Une myriade de minuscules araignées grises jouaient sur les touches. Surprises par l'intrusion, elles sautèrent sur le plancher. Détachant sa cape, Rocambole s'empressa de les en recouvrir avant qu'elles ne fussent dispersées. Puis, méthodiquement, il écrasa tout ce qu'il put. Quand ce fut fini, il fit courir ses doigts sur le clavier, en tirant des notes discordantes.

– Décidément, je ne suis pas doué pour la musique !

Bastien et Fauvette échangèrent un regard atterré. Était-il devenu fou ?

Rocambole souleva un coin de sa cape et pinça délicatement entre pouce et index un cadavre d'araignée. Il le mira dans un rayon de soleil avec un étrange sourire, le regard incisif.

– Voilà notre assassin.

12/ Labyrinthes

Le soir était arrivé comme un mauvais songe. Le dîner s'était déroulé dans une atmosphère sinistre, encore marquée par la visite de sir Williams. En présence du comte, Rocambole n'avait rien révélé de l'épisode de la chambre et Bastien, obéissant à sa consigne, avait préféré garder pour lui le feu de questions qui lui brûlait les lèvres. Aussi, quand Armand de Kergaz se fut retiré dans ses appartements en prétextant la fatigue, l'ancien grognard étouffait presque de frustration.

– Au nom du ciel ! Voulez-vous me faire mourir d'impatience ? Allez-vous enfin nous dire ce que

tout cela signifie et quel rôle jouent ces minuscules araignées dans cette tragique affaire ?

Rocambole se leva et appuya un bras sur le manteau de la cheminée, en apparence plongé dans la contemplation des flammes. Dans cette attitude, les reflets dorés jouant sur sa figure effilée, il ressemblait à quelque poète rêveur. Fauvette le trouva aussi beau qu'un ange déchu.

– Le comte de Kergaz est la victime d'une machination qui dépasse l'entendement, finit-il par confier, de l'assouvissement d'une haine dont je connais peu d'exemples.

– Ces araignées ? grommela Bastien. Voyons, elles ne feraient pas de mal à…

– A une mouche ? compléta Fauvette.

– Grotesque, grotesque, répéta le majordome.

– Dis plutôt : rocambolesque ! intervint l'hôte du comte. Crois-moi, je ne peux rien ajouter de plus, car si je faisais erreur, les conséquences en seraient trop graves. Mais j'ai encore toute ma tête et je crois que la nuit apportera la réponse qui convient…

– Fichtre, pesta Bastien en prenant mousquet et manteau, vous autres les jeunes aimez jouer avec les nerfs. Je pars monter la garde à la grille. Accourez si vous entendez un coup de feu !

Et sur cette sentence, il sortit affronter l'air de la nuit. Rocambole se retourna vers Fauvette.

– N'as-tu rien à me dire ?

– Moi ? s'étonna l'adolescente. Mais non…

– Pourtant, la nuit dernière, tu t'apprêtais à me faire une confidence…

– J'ai déjà oublié de quoi il s'agissait.

– Soit. Alors bonne nuit.

– Déjà ? se hérissa Fauvette, épouvantée à la perspective de se retrouver seule dans sa grande chambre.

– Tu as peur ?

– Euh, non ! Mais j'aimerais mieux rester ici…

– A ta guise. Prends ce sofa. Moi, je veille…

Fauvette trouva l'arrangement à sa convenance et s'installa.

– Vous n'êtes pas sérieux, avec votre histoire d'araignées ? J'ai beau détester ces bestioles, je ne vois pas en quoi elles peuvent devenir des assassins.

Rocambole la recouvrit de sa cape et la regarda avec la tendresse d'un grand frère, se contentant de répondre :

– Je connais ces araignées. Je les ai vues à l'œuvre une fois. Si tu en vois une, je te conseille de l'écraser sans tarder.

En dépit de ses inquiétudes, Fauvette finit par s'endormir. Longtemps, le jeune homme demeura derrière la fenêtre, à épier au-dehors. Les lanternes éclairaient faiblement la cour. Au-delà, l'obscurité noyait la lande. Le vent rageur lacérait les murailles. Une armée aurait bien pu encercler le castel sans se faire entendre. Cette idée fit frissonner le jeune homme. Au travers des rafales faiblissantes, il crut soudain entendre une musique douce. Elle perçait à travers les murs, cristalline et irréelle. Rocambole leva la tête.

– Quelqu'un joue du piano ! murmura Fauvette en se redressant. Comme la nuit dernière…

– Cela vient de la chambre de la comtesse ! Cette fois, il faut aller voir…

Rocambole s'empara d'un chandelier et gravit les escaliers quatre à quatre. Quand il arriva sur le palier du second, la valse avait interrompu son rythme funèbre. Le jeune homme secoua la poignée de la porte mais Bastien avait tantôt refermé à clé. Il prit donc son élan et donna de l'épaule dans le battant qui céda sous la charge.

La chambre était vide.

Rocambole brandit la lumière, espérant surprendre un mouvement. Il avisa une araignée rescapée qui traversait le plancher et l'écrasa sous son talon. Comme il se tournait, il se heurta à une forme et ne put réprimer une exclamation. Ce n'était que Fauvette qui, ne voulant pas rester seule, lui avait emboîté le pas. Rocambole pesta.

– Désolée, si je vous ai fait peur ! s'excusa l'adolescente.

– Peur, moi ? se récria le jeune homme. Tu plaisantes ?

Rocambole alla jusqu'à la fenêtre et plongea son regard dans la cour. Pas une âme. Soudain, un cri de terreur traversa tout l'étage. D'un bond Rocambole fut dans le couloir. La chambre du comte était éclairée. Il y fit irruption sans crier gare. Il trouva Armand de Kergaz seul, assis sur son lit, tétanisé. Il crispait sa main sur sa poitrine comme s'il craignait que son cœur s'en échappe. A le voir aussi livide, le jeune homme crut qu'il vivait sa dernière heure. Comme il s'approchait, l'expression du comte passa de la terreur la plus intense à une sorte de ravissement hébété.

– J... Jeanne ! bredouilla-t-il. Jeanne était là !

– Où ? Où donc, précisément ? s'enquit vivement Rocambole en éclairant les quatre coins de la chambre du mieux qu'il pouvait.

– Là, te dis-je, à côté de ce paravent !

Rocambole se redressa. Il considéra le paravent en question comme s'il s'agissait d'un ennemi armé et, tirant son pistolet de duel qui ne le quittait plus, l'écarta sèchement. Derrière, il n'y avait qu'une chaise vide. Rocambole allait rétorquer que tout cela n'était que le fruit d'une illusion quand Bastien apparut sur le seuil, rouge et essoufflé, la moustache frémissante.

– Monsieur, monsieur ! Ah, je vous trouve enfin ! Quel était ce cri ?

– Le comte a eu un malaise, expliqua Rocambole.

– Non, non. Je vous assure, c'était bien Jeanne. Elle portait les vêtements du jour de sa mort. Elle… Elle… m'a appelé. Elle était si… pâle. Si… belle ! Je dois la rejoindre…

Il ne put achever. Sa tête tomba sur le côté. Bastien poussa un cri, le croyant mort. Rocambole prit le pouls du malade.

– Il n'est qu'évanoui.

– Justement, monsieur ! murmura Bastien. J'étais moi-même au bord de la syncope et vous savez que je ne suis pas du genre impressionnable. Je me trouvais à la grille quand… quand je l'ai vue, comme je vous vois ! La comtesse ! Elle… Elle traversait la cour et… elle est entrée dans le mur ! Ah ça, monsieur, j'ai cru que je perdais la raison…

Le regard inquisiteur de Rocambole alla du comte évanoui aux murs de la chambre. Au même instant, la valse lente reprit à l'autre bout du couloir.

– Écoutez ! fit Bastien, les yeux écarquillés. C'est la valse de la comtesse, celle qu'elle avait l'habitude de jouer… Elle était si bonne pianiste…

– Nous l'avons déjà entendue, Fauvette et moi. Bastien, reste avec le comte et enfermez-vous !

Brandissant le chandelier, il retourna jusqu'à la chambre de Jeanne dont il repoussa doucement la porte. A l'intérieur, il n'y avait à nouveau personne, et cependant, le couvercle du clavier, refermé un instant auparavant par les soins de Rocambole, s'était mystérieusement rouvert… Quoi qu'il fît pour garder son calme, le jeune homme sentit la peur envahir insidieusement son cerveau.

– Si nous allions dormir au village ? proposa Fauvette.

Rocambole tressaillit.

– Encore toi ?

Fauvette ne l'avait pas quitté d'une semelle en dépit de ses recommandations.

– Ou mieux encore, risqua-t-elle : à Paris ?

– Non, ni au village, ni à Paris. Et tu aurais dû rester avec les autres.

– Pour organiser un concours de tremblote ? Non merci.

Rocambole entreprit de fouiller chaque recoin. Il se mit à soulever les toiles de maître et les miroirs qui ornaient les murs, à retourner les tentures, glissant un doigt habile derrière la moindre moulure, la plus discrète encoignure…

– Qu'est-ce que vous faites ?

Fauvette le regardait se démener sans comprendre, lorsque soudain, à ses côtés, une porte secrète parfaitement dissimulée dans la tapisserie s'entrebâilla, révélant un passage. L'exclamation surprise de l'adolescente fit se retourner Rocambole. Il y répondit par un petit cri victorieux.

– Je m'en doutais ! Ce vieux manoir doit être truffé de passages secrets. Tout s'éclaire !

– Ah ? fit Fauvette en passant la tête dans l'ouverture noire et humide. Vous trouvez ?

– Bien sûr, ma camarade ! Car c'est la preuve de la machination diabolique que je soupçonnais. Que le diable m'endiable, on entre dans les murs par des portes !

Sur ces mots, il brandit son chandelier et se glissa à l'intérieur du passage, Fauvette sur ses talons. Ils descendirent un escalier suintant l'humi-

dité, noir et rugueux comme les marches de l'enfer, qui paraissait vriller jusque dans les plus intimes fondations de l'édifice. A mesure qu'ils plongeaient ainsi dans le cœur de la falaise, l'odeur âcre et puissante du varech assaillit leurs narines. Le bruit sourd du ressac broyant la muraille naturelle émiettait le silence. Les bougies malmenées par les courants d'air menaçaient de s'éteindre. Rocambole franchit une passerelle de pierre colonisée par les coquillages, qui enjambait dangereusement un abîme moutonneux.

Au bout de sa course, il s'arrêta net.

Une large ouverture béait sur la nuit. Il se pencha pour tenter de distinguer quelque chose, mais ne vit rien que les lames qui venaient se briser avec fracas sur les rochers. Il pesta :

– *Porcus maledictus*, il n'y a rien ici !

N'entendant aucune réponse derrière lui, il se retourna :

– Fauvette ? Fauvette ?

Mais il eut beau appeler et appeler encore, seul l'écho de sa voix lui répondit.

13/ Araignée du soir

L'aube trouva Rocambole marchant de long en large dans le grand salon, partagé entre la colère et l'inquiétude. Il avait longuement exploré les moindres recoins du passage secret sans avoir découvert trace de Fauvette. A cette occasion, il avait mis au jour d'autres galeries et tunnels aboutissant en de multiples endroits du castel. Leur existence devait remonter à des temps anciens et rien n'indiquait qu'il en eût découvert tous les accès. D'autres portes inconnues avaient dû échapper à sa vigilance. Aussi avait-il acquis la conviction que sa protégée avait été enlevée par sir Williams et ses sbires.

Il finit par interrompre ses allées et venues et, contre toute attente, il émit un petit rire et se frictionna les mains. Bastien avait fini par s'assoupir dans le grand fauteuil du comte, son mousquet sur les genoux, et le bruit le réveilla brutalement. Il se frotta les yeux et s'écria :

– Halte ! Qui va là ?

– Réveille-toi, mon ami ! le bouscula Rocambole. Vite, sur le pont !

– Que ? Quoi ? Comment ?

– Je te dis, moi, que tout ceci n'est qu'une mascarade crapuleuse, destinée à mener le comte au délabrement et à la folie.

– Mais qu'avez-vous, soudain ? Quelle mouche vous pique ?

– Pas une mouche, mais une araignée de Malaisie. Tout converge vers cette bestiole aussi sûrement que les fils de sa toile. Ajoute à cela que ce château est truffé de passages...

Bastien se redressa, peu à peu intrigué par l'étrange raisonnement.

– Je sais bien qu'il existe des passages. Ils sont si bien cachés qu'à ce jour, seul le colonel de Kergaz connaissait leur existence.

– Ce qui explique les apparitions et les disparitions de notre fantôme... D'ailleurs, quel fantôme ? Il n'y en a jamais eu.

– Comment ? s'étonna Bastien. Je vous assure l'avoir vu cette nuit, et le comte également…

– Si ce n'était pas un fantôme, enchaîna une autre voix sur le seuil du salon, explique-toi, car j'ai bel et bien vu Jeanne…

Rocambole se retourna. Le comte se tenait très droit dans l'encadrement de la porte. Il n'avait plus cette allure voûtée et maladive qu'il affichait les jours précédents. Il était vêtu de pied en cap, bottes, habit et manteau de voyage, une cravache à la main et un haut-de-forme fièrement planté sur le crâne. Dans son regard dansait un éclat inaccoutumé qui fit naître un large sourire sous la moustache de Bastien.

– Monsieur le comte ! Comme je vous vois là, on vous dirait prêt pour la chasse !

– Une chasse redoutable, messieurs, affirma Rocambole. Laissez-moi vous conter certain voyage que j'ai entrepris avec sir Williams sur une île de Malaisie… Nous devions y monnayer un chargement de pierres précieuses avec une tribu d'indigènes. Nous avions prévu de le revendre cent fois son prix en Europe… La transaction s'étant effectuée dans le meilleur climat, le chef nous a conduits auprès de son épouse qui agonisait dans une

cabane. Elle était très faible, très pâle, avec des cernes jaunes sous les yeux. Le sorcier du village était à ses côtés, qui agitait au-dessus d'elle une feuille de palme. Sa respiration était lourde, sa faiblesse immense. J'ai tenté de lui porter secours à l'aide de mes maigres connaissances médicales, mais en vain. J'ai vérifié son pouls, disposé un miroir devant sa bouche, et n'ai pu que constater le décès. Pourtant, ni le marabout ni le chef n'ont paru s'en émouvoir. Ils se sont contentés de veiller la défunte en bavardant. Je ne savais que faire. Je suis resté là, fourbu et attristé. Sir Williams, lui, ne cessait d'observer la scène dont il avait déchiffré mieux que moi la véritable signification. Peu avant l'aube, le sorcier a pressé une poignée de feuilles dont il a extrait un suc qu'il a fait boire à la défunte.

« Alors j'ai assisté à un miracle. La femme a rouvert les yeux. Quelques instants plus tard, elle s'est levée pour s'acquitter tranquillement de la corvée d'eau matinale ! Le chef a beaucoup ri de mon désarroi, avant de nous apprendre que la cause du mal venait d'une petite araignée qui sévissait dans l'île. Sa piqûre, sans être mortelle, provoquait une paralysie étrange qui donnait l'aspect de la mort et atténuait les battements du cœur. Il suffisait d'attendre un peu avant d'administrer certaine décoction de palme en guise d'antidote. Quand nous sommes retournés au bateau, j'ai remarqué que sir Williams tenait quelque chose sous son manteau, qu'il a pris soin de cacher aussitôt dans sa cabine. Il a toujours été féru de poisons. Je suppose qu'il devinait le profit qu'il pourrait un jour en tirer.

– C'est un étrange récit, admit Bastien, mais en quoi nous avance-t-il pour retrouver Fauvette ?

– Je le vois, moi ! s'exclama le comte de Kergaz, brûlant d'une exaltation inimaginable. C'était un leurre ?

– Je suis convaincu que Jeanne a été piquée par l'une de ces araignées. J'en ai découvert plusieurs nichées dans le piano.

– Comment ont-elles pu être introduites ici ?

– Elles devaient se trouver dans le coffret des lettres… Il y avait encore des bribes de toile, au fond… Depuis, elles se sont multipliées.

– Jeanne… Jeanne serait vivante ? s'écria le comte. Je n'ai donc pas rêvé ?

– Le docteur du village l'a examinée et il a délivré le certificat de décès ! protesta Bastien.

– Un médecin non prévenu peut se laisser prendre par la supercherie comme je l'ai été moi-même sur

l'île, tant l'aspect de la victime peut induire en erreur. Une décoction de ces palmes et l'on peut ramener la malade à la vie... Je suis convaincu que sir Williams a confectionné l'antidote au poison.

– Alors, la comtesse a été inhumée... vivante ? s'effraya Bastien.

– Dans un sens. Il n'est qu'un moyen de vérifier si j'ai tort ou raison...

Il laissa planer un silence chargé de sous-entendus.

– Bastien, décida le comte de Kergaz, procure-nous piolet, pioche, burin. Nous descendons dans la crypte sur-le-champ. Tant que tu y es, charge aussi les pistolets.

– Je vous retrouve ! se félicita Rocambole. Allez devant, je vous rejoins dans un instant...

Le soleil poudroyait la côte lorsque le comte et Bastien sortirent dans la cour du château, munis d'un plein sac d'ustensiles. Ils descendirent un étroit escalier bordé de pierrailles, qui conduisait à un mausolée barré d'une grille. Le simple nom « Kergaz » barrait le fronton de ses lettres acérées. Le brouillard ondulant sur les murailles alentour baignait la scène d'une lumière incertaine. Bastien tira son trousseau de clés, mais une hésitation lui fit chercher le regard du comte.

Celui-ci lui adressa un signe d'assentiment.

– Il faut en finir, dit-il. C'est assez d'angoisse.

Bastien approuva. Il farfouilla dans la serrure et la grille céda en grinçant. Une volée de marches plus bas, le comte alluma une torchère et une faible clarté orangée dessina les lourds sarcophages alignés en étoile. Ici reposaient le colonel de Kergaz, mais aussi son assassin, le vil Felipone, le père d'Andrea. Les deux hommes s'approchèrent du plus récent et restèrent là, indécis et effrayés, saisis par le même scrupule.

– Courage, mes amis ! lança une voix derrière eux.

Ils firent volte-face. La vision de Rocambole sortant du mur par une porte dérobée leur causa une si vive émotion qu'ils portèrent la main aux pistolets qu'ils avaient à la ceinture.

– Tout doux ! répliqua le jeune homme. Et mille pardons pour cette apparition théâtrale ! Mais voyez, j'ai parcouru quelques couloirs souterrains cette nuit à la recherche de Fauvette, et l'un d'eux m'a conduit jusqu'ici, ce qui n'a fait que confirmer mes soupçons.

Il s'approcha du caveau pour en examiner les bordures et remarqua aussitôt que la dalle n'était

plus jointoyée. Ici ou là, des traces récentes griffaient la pierre. D'un signe, il demanda les outils. Sous le regard aussi inquiet qu'éberlué du comte, il se mit au travail avec une telle dextérité qu'un tailleur de pierres en aurait été tout ébahi. Bastien l'aidait à l'opposé et en moins de temps qu'il ne leur fallut pour transpirer, le couvercle glissa suffisamment pour qu'on puisse passer la tête à l'intérieur. Rocambole appela le comte. Celui-ci hésita, passant une main sur son col, comme si la respiration lui manquait.

– Je vais mourir, souffla-t-il.

– Je crois au contraire que ceci achèvera de vous ramener à la vie…

Coupant court à ses scrupules, Armand de Kergaz se pencha dans la tombe. Aucune parole ne lui échappa. Quand il se redressa, une expression de stupeur couvrait son visage livide.

– La tombe est vide !

14/ Les morts se relèvent

Quand Fauvette rouvrit les yeux, elle était étendue sur une paillasse sordide. Elle se redressa lentement et, s'accoutumant à la pénombre, décela les contours d'un cachot creusé dans la roche. Le bruit étouffé du ressac berçait le silence par ailleurs oppressant et ce détail lui indiqua qu'elle n'avait pas quitté les environs de Kerloven. C'était une mince consolation.

Elle suivait Rocambole dans le passage secret lorsqu'une ombre s'était soudain dressée devant elle, comme sortie du cœur de la falaise. En un éclair, elle avait reconnu la longue figure blême de M. Bellon. La surprise l'avait empêchée de crier.

Une main gantée s'était plaquée sur son visage. Elle avait respiré un étrange parfum de violette et s'était évanouie. A présent, elle ne savait, de la crainte ou du froid, ce qui la faisait frissonner le plus. L'idée d'être tombée entre les griffes de sir Williams lui glaçait les sangs. Pourtant, Fauvette n'était pas d'un tempérament à se laisser paralyser par une situation aussi inquiétante. Vite, elle sauta de sa vilaine couchette et chercha des yeux un moyen de s'enfuir.

Soudain, un gémissement profond lui parvint. Elle n'était pas seule dans cette cellule de fortune. Dans l'angle opposé, elle distingua une silhouette étendue sur un grabat semblable au sien. Sa gorge se dessécha d'un coup. Comme elle s'approchait sur la pointe des pieds, l'adolescente dut porter une main à sa bouche pour contenir son émotion. Une femme vêtue d'une robe souillée par la boue et le varech reposait là, ses cheveux filasse ployant en tristes arabesques sur ses épaules. Elle la reconnut pour l'avoir aperçue traversant la cour la nuit précédente. C'était bien le fantôme… le fantôme de Jeanne de Balder, comtesse de Kergaz.

Par-delà l'effroi qui l'avait saisie, Fauvette décela sur ce visage livide et creusé une expression

de souffrance indicible qui l'émut au tréfonds d'elle-même. La belle jeune femme avait conservé dans la mort cette beauté mélancolique qui avait tant séduit Armand de Kergaz. Fauvette comprit tout à coup pourquoi la perte d'un tel trésor lui causait ce deuil inconsolable… La frayeur de Fauvette se dissipa aussitôt. Combien de fois, dans la solitude de l'orphelinat, ne s'était-elle inventée semblable mère… Des larmes lui vinrent aux yeux. Sa main osa prendre celle, froide et dure, de la défunte. Une main de statue, eût-on dit… Et comme si ce contact eût produit quelque effet magique, Jeanne ouvrit soudain les yeux. Fauvette fit un bond en arrière.

– N'aie pas peur, l'implora cette femme qui revenait d'entre les morts. Chut, je t'en conjure, n'aie pas peur !

Elle tendit la main avec une expression de désarroi si touchante que Fauvette se remit peu à peu.

– Vous n'êtes pas… un fantôme ? demanda-t-elle.

– Je suis vivante, tu peux me croire, mais… mais cette vie-là ne m'appartient plus…

Son regard craintif fit le tour de la cellule, et pour la première fois, Fauvette réalisa qu'il n'existait aucune porte visible.

– Je suis retenue prisonnière dans cet endroit sinistre depuis des semaines, ajouta la comtesse. C'est lui, sir Williams, ce monstre ! Il me donne à peine de quoi boire et manger, et le soir venu, il m'administre un narcotique. Ensuite, j'ignore ce qu'il fait de moi, mais au matin, je me retrouve sale et transie de froid.

Elle montra ses bras constellés de traces de piqûres.

– Je te prie de me croire… La dernière chose dont je me souvienne avant mon enlèvement est cette effroyable nuit où j'ai cru mourir. Armand était à mes côtés, et le fidèle Bastien, et Madeleine…

Les accents de sa voix si douce, si délicate, achevèrent de convaincre Fauvette. Jeanne était une malheureuse prise au piège.

– Je viens du château, dit-elle. Je m'appelle Fauvette.

Jeanne se redressa vivement.

– Comment ? Mais alors… Tu as sûrement vu le comte ? Comment va-t-il ? Oh, donne-moi vite de ses nouvelles. Ce pauvre chéri doit croire que je suis morte !

– Pour le croire, il le croit, il en est même malade.

Cette image d'Armand pétri de douleur parut ranimer les forces de Jeanne qui se mit à lisser ses

mains moites sur sa robe en lambeaux. Elle s'agenouilla auprès de Fauvette :

– Mais toi, que fais-tu ici ? demanda-t-elle. Pour quelle raison le monstre s'en prend-il à toi ?

Fauvette raconta par le menu ses aventures depuis la nuit de son évasion de l'Enfant-Roi. Le récit laissa Jeanne bouche bée.

– Fauvette ? L'orphelinat ? demanda la comtesse. Tu serais... ma fille ?

– Je suis assez mal placée pour vous l'affirmer sans me tromper. Sir Williams semble le croire, et même il se dit mon père...

Le front de la comtesse s'assombrit.

– Oui, je paie chèrement cette terrible faute. Ce fut un instant de détresse, d'aveuglement. Andrea est un démon qui sait ensorceler l'esprit le mieux prévenu. Il sait donner au plus vil mensonge l'apparence d'un serment éternel. Dans mon égarement, je n'ai rien vu, rien soupçonné... Quand Madeleine m'a remis ce coffret, j'ai cru mourir. C'était le passé odieux qu'on me rappelait, dont j'avais tenté d'enfouir le souvenir. Je n'ai pas de pardon à attendre. Je n'ai pas voulu conserver l'enfant née de cette union du désespoir. Je l'ai confiée aux bonnes sœurs de l'Enfant-Roi. Pourtant, comme tu

es jolie… Et comme tu dois me détester…

Fauvette haussa les épaules.

– Je ne vous connaissais pas jusqu'à la semaine dernière. Je ne suis pas si rapide à haïr. Vous savez, j'ai appris à prendre les bonnes choses comme les mauvaises, c'est-à-dire de la même façon. Chaque jour suffit à sa peine. L'orphelinat apprend cela.

– Pauvre enfant ! Ce sont d'étranges retrouvailles pour une mère et sa fille. C'est donc Armand qui t'a fait venir au château. Ainsi, il m'a pardonnée ?

– Pour pardonner, il faut avoir des reproches à faire et il ne vous en fait aucun. Je crois que vous avez eu tort de lui cacher la vérité sur votre passé.

– Cher cœur, soupira Jeanne. J'ai sous-estimé sa bonté. Mais il existe une telle haine entre son frère et lui. Serons-nous jamais réunis ?

– Je crois que Rocambole y travaille.

– Rocambole… Il fut notre plus fidèle allié, naguère.

– Eh bien, il n'a pas changé. Je fais partie de sa bande, vous savez ? Il semble croire que tout vient d'une araignée.

– Une araignée, oui, je me souviens… Le coffret était plein d'araignées qui se sont échappées quand j'ai ouvert le couvercle. L'une d'elles m'a piquée…

Une lueur nouvelle raviva son regard éteint. C'était comme si elle avait respiré une bouffée du monde extérieur et s'en trouvait ragaillardie. Au même moment, un pan de roche se mut derrière les captives, révélant un passage jusqu'ici indécelable. Un Habit Noir entra, portant un flambeau, et les désigna toutes deux d'un index ganté :

– Le maître vous réclame, ordonna-t-il. Suivez-moi.

15/ Dîner de crustacés

Sir Williams dînait.

Dans cette grotte envahie par les lichens, où le temps n'avait pas asséché les anciennes visites du ressac, il dînait de la manière la plus aristocratique qui soit, seul à une grande table dressée de chandeliers et de vaisselle d'argent. Un serviteur en livrée et perruque accourait à son moindre battement de cils, lui servant tantôt du vin blanc, tantôt une louche d'un potage de crustacés. Deux Habits Noirs se tenaient en retrait, vigilants.

A l'entrée de Jeanne et de Fauvette, l'hôte se tamponna délicatement les lèvres et, esquissant un geste en direction du décor lugubre, il lança :

– Bonsoir, mes tendres colombes ! Voyez à quel triste sort je suis réduit : une vie de moule, rien de moins, solitaire sur un rocher, les pieds baignant dans l'eau. Mais cet inconfort me va. Tant que j'ai l'espoir d'habiter plus haut… Car, le savez-vous, nous nous trouvons ici dans les entrailles mêmes du château. Non seulement des tunnels furent aménagés par de lointains ancêtres, mais aussi des salles favorables aux réunions secrètes. Je vous en prie, prenez place à mon banquet !

Les deux prisonnières obéirent sans conviction et il les couva à la manière d'une araignée savourant par avance des moucherons pris dans sa toile.

– Quel émouvant tableau… La mère et la fille ! Vous avez fait connaissance, je suppose ? Tant d'années de séparation doivent alimenter bien des conversations et bien des regrets… Des rancœurs aussi, peut-être ? Oublions cela et profitons de ces retrouvailles. J'avais rêvé de ce moment où nous formerions une vraie famille…

Il essuya une larme au coin de ses yeux, une larme réelle, comme les acteurs de théâtre en produisent le plus naturellement du monde. Fauvette considéra avec dégoût un petit crabe qui traversait effrontément la nappe.

– En guise de fête, grommela-t-elle, c'est la parade des bêtes à pinces…

– Je t'ai entendue ! la sermonna le maître criminel en grinçant des dents.

Il se tourna avec un naturel confondant vers Jeanne.

– Jeanne, ma tendre aimée. Je me suis montré cruel envers vous ces derniers temps. Vous devez cependant comprendre que c'était le seul moyen pour vous ouvrir les yeux — dans tous les sens du terme. Armand n'est pas un personnage digne de vous, tandis que moi, en revanche, je…

A son grand mécontentement, M. Bellon parut sur ces entrefaites, interrompant son discours. Il se pencha à l'oreille de son maître pour y glisser quelques mots. Sir Williams haussa un sourcil interloqué.

– Vraiment ? En voilà, une nouvelle… Armand serait parti pour Brest tôt ce matin en compagnie de Bastien ? Que diable irait-il y faire ? Cela sent le Rocambole, car Armand n'a aucune imagination. Je suis même étonné qu'il ait quitté sa robe de chambre. Quelque chose se sera produit. Et pourquoi suis-je informé si tard ?

Pour toute réponse, Bellon préféra baisser la tête. Sir Williams esquissa un geste désinvolte.

– Qu'il aille où bon lui semble. Il reviendra au castel. Un fil invisible l'y rattache. Ne croit-il pas combattre certaine malédiction ?

– Armand a conservé d'excellentes relations parmi la police et l'armée, intervint dignement la comtesse. A votre place, je décamperais. D'ailleurs, vous ne pourrez pas indéfiniment poursuivre cette horrible farce.

– Elle touche à sa fin, je vous rassure. Armand est simplement plus résistant au chagrin que je ne l'avais supposé. Mais je crois que la prochaine apparition du fantôme lui sera fatale et emportera son pauvre cœur déjà si fragile. Dans le cas contraire…

Il tira une fiole de sa poche et l'agita pour que son contenu fût bien visible. Le mouvement sec mit en effervescence une colonie de petites araignées grises. Fauvette frissonna, et quelle que fût la peine qu'elle prît à le dissimuler, ce détail n'échappa aucunement à l'œil inquisiteur de sir Williams.

– Ces damnés insectes prolifèrent à la vitesse d'une épidémie ! se réjouit-il. Je les ai rapportés d'une île lointaine de Malaisie et si je n'étais vacciné contre leur étrange venin… Au fait, peu importe. Vous prendrez bien un dessert ?

– Crème de moule pour moi…, soupira Fauvette, le poing appuyé sur sa joue.

– Mes intentions sont des plus louables, déclara sir Williams en l'ignorant délibérément. Je désire fonder une vraie famille. Et vous êtes ma seule vraie famille. J'éprouve désormais le besoin de sentir que quelque part, on songe à mon absence, on m'aime et on comprend mes tourments. Armand mort, je reprendrai l'héritage qu'il m'a volé et vous installerai toutes les deux dans ce château où vos moindres désirs seront exaucés. Jeanne, tu seras ma femme. Toi, vaurienne, ma fille…

Ces dernières paroles retentirent comme le sifflement insinuant d'un reptile. Fauvette se redressa.

– Je vais vous faire de la peine, mais je ne suis pas votre fille. Ni la vôtre, madame la comtesse… (Elle marqua un temps.) Pour tout dire, je ne suis pas la bonne personne.

D'abord, sir Williams sourit avec une expression incrédule avant que la physionomie de la jeune fille lui ouvrît soudain les yeux.

– Veux-tu t'expliquer ? demanda-t-il d'une voix suave, en chassant le domestique à perruque qui s'obstinait à lui servir un flan verdâtre.

– C'est très simple, dit Fauvette. Ce M. Clarisse, qui était l'émissaire du comte de Kergaz, m'a bien remis une lettre, mais elle ne m'était pas destinée. Il comptait sur moi pour m'acquitter de la tâche. J'ai lu la lettre. Pas de nom, pas de détails, ce qui signifiait que ces belles gens n'avaient qu'une vague idée de la personne qu'ils cherchaient et que je pouvais parfaitement faire l'affaire... Je n'en suis pas fière, et si j'avais su que je connaîtrais tous ces ennuis, je vous jure que j'aurais remis le mot à sa véritable destinataire. J'ai essayé plusieurs fois de le dire, mais...

Sir Williams se tourna vers son lieutenant toujours posté à son côté.

– Monsieur Bellon ! Souffrez-vous toujours de votre épaule suite à votre regrettable chute de cheval ?

– Je vais beaucoup mieux, maître, merci...

Sir Williams lança sa main comme le tentacule d'une pieuvre et sa terrible poigne s'abattit sur l'épaule souffrante. Bellon poussa un cri et tomba à genoux.

– Monsieur Bellon, selon l'aveu même de cette enfant, vous avez commis une grossière erreur. Elle n'est pas la fille bâtarde de la comtesse. Elle n'est pas ma fille !

– Maître, je vous en conjure ! Comment l'aurais-je su ? J'ai vu M. Clarisse lui remettre la lettre et, le soir même, elle est venue au rendez-vous. Il était donc impossible de deviner que…

Il s'interrompit, au bord de l'évanouissement. Sir Williams relâcha son emprise. Durant cet intermède, Fauvette avait saisi la main de Jeanne.

– Je suis navrée de vous faire encore de la peine, madame, mais je connais la destinataire de la lettre et… (elle baissa la tête en ajoutant ces derniers mots à voix basse) …vous ne perdez pas au change !

Sir Williams s'était levé et tamponnait délicatement ses lèvres.

– Justement, mon enfant, je désire connaître son identité, et je le désire à l'instant !

Devant la mine butée de Fauvette, un sourire menaçant lui vint aux lèvres.

– Oh, c'est ainsi ? Monsieur Bellon, veuillez faire parler cette jeune insolente… qui semble avoir un faible pour les araignées.

Jeanne tenta bien de s'interposer, mais des bras solides la maintinrent sur son siège, tandis que le cruel lieutenant s'emparait de Fauvette… Dans le même temps, sir Williams avait ouvert

un pan de son manteau, révélant un véritable arsenal de fioles et de seringues.

– Quant à nous, chère amie, la chimie n'attend pas ! Le fantôme de Kerloven doit donner sa dernière représentation...

16/ Enlèvement

Lorsque le marquis Chamery de Chameroy se présenta au domicile de Madeleine Kerouët, peu avant midi, il fut surpris de trouver la porte d'entrée béante et les draps jonchant le jardinet. De l'intérieur lui parvinrent soudain des bruits de lutte et il comprit qu'il arrivait juste à temps pour empêcher le pire.

Abandonnant ses manières de dandy, il contourna la maison en longeant prudemment le mur. En contrebas, il aperçut un esquif échoué sur la plage de galets, prêt à appareiller, dont le pilote ne lui était pas inconnu : il s'agissait du loup de mer à la longue-vue qu'il avait copieusement arrosé la veille.

Prenant soin de n'être pas visible depuis la crique, il se faufila jusqu'à la porte de la cuisine. Le spectacle qu'il découvrit lui mit l'écume aux lèvres. Trois Habits Noirs s'étaient emparés de Madeleine et s'efforçaient de la soulever de terre. La jeune fille s'accrochait à tout ce qu'elle pouvait, opposant une résistance farouche. Il n'y avait pas à s'y tromper, c'était une tentative d'enlèvement. Toutefois, Madeleine n'était pas de taille à lutter contre ces criminels endurcis qui ricanaient sous leurs masques de cuir et, bientôt épuisée, elle fut à leur merci.

Les malandrins savouraient déjà leur victoire quand Rocambole leur tomba dessus comme le faucon sur des rats. Le pommeau de sa canne frappa le crâne de l'un, la pointe repartant dans l'autre sens atteignit le deuxième au creux de l'estomac. Madeleine trouva les ressources de frapper le troisième. Le jeune homme acheva le travail par un coup de pied fouetté dans le plus pur style de la savate montmartroise. En un clin d'œil, la joute était terminée et la défaite des acolytes de sir Williams consommée. Rocambole s'assit à califourchon sur une chaise et tira son long pistolet Manton.

– Messieurs, je vous recommande le plus grand silence. Un mot de trop, et la balle part !

Il ajouta en s'adressant à Madeleine :

– Mon enfant, des liens, je vous prie...

La farouche Bretonne ne se le fit pas répéter. Elle obtempéra sur-le-champ, et entreprit de saucissonner ses agresseurs avec toute sa science des nœuds marins. Elle leur bourra la bouche de chiffons empestant l'huile rance et contempla le spectacle avec une expression satisfaite.

– Ils voulaient m'enlever ! accusa-t-elle. Ou pire !

Rocambole hocha la tête en dévisageant la camériste avec soupçon.

– Pensiez-vous sincèrement que sir Williams laisserait un témoin gênant derrière lui ? Vous savez trop de choses, Madeleine. C'est vous qui avez remis le coffret fatal à votre maîtresse, et vous saviez ce qu'il contenait, n'est-ce pas ? Sir Williams vous l'a dit. Mieux encore, il vous a vaccinée contre la piqûre de certaines araignées...

Madeleine le dévisagea comme s'il avait lancé une formule magique.

– Comment savez-vous tout cela ?

– Je connais sir Williams mieux que moi-même.

– Alors vous savez que c'est le diable en personne ! s'écria Madeleine.

Rocambole leva les yeux au ciel. Il avait si souvent entendu cette phrase !

– Je l'ai rencontré pour la première fois l'an dernier, enchaîna la camériste. Il assistait à la foire du village, vêtu comme un seigneur de passage, élégant et distingué. Il m'a attirée comme une araignée prend un moucheron ! Il m'a éblouie, il m'a fait la cour, moi une pauvre fille ! Très vite, nous nous sommes vus chaque soir, et chaque soir il m'interrogeait sur les habitudes du château. Au bout du compte, comme je m'étonnais de sa curiosité, il m'a avoué qu'il était un cousin de M. le comte, mais qu'un malentendu les avait séparés et qu'il souffrait de cette fâcherie…

– Les meilleurs mensonges ont tous un fond de vérité, commenta Rocambole en repoussant de la botte les trois scélérats ligotés, qui roulèrent sur le plancher tels des tonneaux.

– Sir Williams disait vouloir à distance du bien aux Kergaz. Il se disait rejeté par eux à tort. Son sort m'a ému, M. le marquis. Oui, j'ai même pleuré tant il était convaincant. Un jour, c'était il y a juste un mois, il m'a convaincue de porter à Mme la comtesse un certain coffret, en me recommandant de ne pas l'ouvrir et de le lui remettre en mains propres et en cachette… Je n'en savais pas plus, je vous le jure !

– Et cela ne vous a pas paru suspect ? lança Rocambole en surveillant les alentours par la fenêtre.

– Je n'ai pas été très difficile à convaincre, avoua Madeleine. J'étais très amoureuse de lui. J'ignorais quel esprit pervers il cachait. A partir de ce moment, Mme la comtesse est devenue malade… Mais je ne savais rien de son sinistre projet !

– Pourtant, sir Williams vous a certainement procuré un antidote, car il avait besoin de vous en bonne santé et redoutait que vous ne succombiez à votre tour.

Madeleine, prise en faute, devint très pâle.

– Oui, oui, je l'avoue, il m'a convaincue d'accepter une piqûre « contre les fièvres ». Il craignait pour ma vie, disait-il… Il m'affirmait que le comte était fou et pourrait en vouloir à ma vie. Vous ne pouvez vous figurer combien ses manières sont insinuantes. Sa voix, son regard feraient plier n'importe quelle volonté, n'importe quel esprit…

– Je me le figure fort bien, au contraire…

– Mme la comtesse était près de la mort quand elle m'a confié qu'elle avait eu jadis une liaison avec cet homme et mis au monde un enfant confié à l'orphelinat. Ce même homme qui me faisait la cour et

me promettait une vie meilleure à Paris !

– Une vie meilleure à Paris ? railla Rocambole, glacé. Ce seul détail aurait dû vous donner des soupçons. On vit très mal à Paris. Où se trouve le repaire de sir Williams ?

– Je l'ignore. Après la mort de ma maîtresse, il ne s'est plus manifesté. Il a disparu. Pourtant, je sais qu'il n'a pas quitté le pays. Je l'ai aperçu une fois sur la lande. Je me sens épiée de jour comme de nuit. Je meurs de peur. J'aimerais partir…

– Il est bien tard pour y songer !

Rocambole arracha le costume d'un Habit Noir, et le récompensa pour sa mansuétude d'un coup de crosse sur la tempe. En un clin d'œil, tel un transformiste de théâtre, il ajusta le loup, le chapeau, les gants… Madeleine en resta bouche bée.

– Qu'est-ce que vous faites ?

– Eh bien, vous deviez être enlevée, n'est-ce pas ? Alors je vous enlève ! Un canot nous attend.

Il brandit son pistolet et, poussant Madeleine devant lui, il la convainquit de sortir. Le loup de mer qui attendait près de la barque fut surpris de ne voir revenir qu'un seul acolyte.

– Eh ! protesta-t-il. Vous aviez dit qu'elle aurait les yeux bandés… Et puis où sont les autres ?

– Il y a eu de la casse ! Une espèce de dandy a voulu jouer les justiciers.

– Oh, le marquis de Chamechose-les-Noix ! J'espère que vous l'avez traité comme il convient !

– Largue les amarres et filons d'ici. Le maître attend !

Il poussa sans ménagement Madeleine à bord et aida le pilote à renflouer son esquif. Un instant plus tard, ils traversaient les premières vagues, en direction de la pointe de Kerloven…

17/ Le repaire de l'araignée

Madeleine Kerouët ne bronchait pas. Rocambole la tenait en joue le plus sérieusement du monde, sans perdre pour autant de vue le cap suivi par le canot. Le loup de mer s'activait sur les rames. Il passa au large du port, avant de se rapprocher des falaises dominées par le castel familial des Kergaz. Tout navigateur aurait hésité à s'aventurer dans le ressac qui labourait la crique. Pourtant le rameur semblait connaître son affaire. Il souqua de plus belle, faufilant son esquif entre les gerbes d'écume, et trouva enfin refuge dans une caverne épargnée par la houle, dont le calme contrastait avec la furie des éléments.

Rocambole estima qu'ils devaient se trouver à l'aplomb du château et il s'expliqua sans peine que sir Williams et ses sbires aient pu depuis des semaines aller à leur guise sans être vus de la côte. L'intrépide marin suivit un canal balisé de lanternes et accosta finalement à un embarcadère naturel tapissé de moules et de coques.

Rocambole invita rudement Madeleine à descendre à terre, jouant parfaitement son rôle de malfaiteur. Pourtant, plusieurs chemins s'offraient à lui et il ne sut lequel choisir. Il sentit peser sur lui le regard du pilote qui n'avait pas esquissé un geste.

– Toi, accompagne-moi !

– Pourquoi ? se récria l'autre. Il était convenu que je n'aurais rien à faire à l'intérieur. On finira par me soupçonner, au village, et alors…

– Les règles ont changé, mon ami, répliqua fermement Rocambole en tournant légèrement son arme dans sa direction. Je te conseille d'obéir, ou j'informerai en personne sir Williams de tes doléances…

Le nom du maître, autant que la menace du canon chargé, acheva de convaincre le loup de mer. Il amarra son canot et consentit à contrecœur à ouvrir la voie. Il se fraya un passage dans une anfractuosité qui menait à un escalier probablement creusé par la main de l'homme. A mi-hauteur toutefois, sa frayeur parut prendre le dessus.

– Je ne peux pas aller plus loin, je ne peux pas ! C'est le laboratoire, par là. Il y a des araignées partout. Si l'une d'elles vous pique, vous…

– Continue et cesse de jacasser.

Mais la peur du danger donna au sinistre personnage plus de courage qu'il n'en avait réellement. Il fit face.

– Allez au diable, vous et votre clique de masques ! Ce n'était pas dans nos accords. Je retourne au bateau.

Rocambole comprit qu'il n'en tirerait plus rien. Il hésitait sur la conduite à tenir quand un cri aigu traversa l'épaisse muraille de rochers. Il eût reconnu la voix entre cent.

– Fauvette !

D'un bond, il atteignit le haut des marches. Une porte basse à lourdes ferrures, fermée par un cadenas, lui barra le passage.

Le loup de mer profita de sa distraction pour filer sans demander son reste. Rocambole tira rapidement son arsenal de parfait cambrioleur et, jouant de sa dextérité de magicien, il vint à bout de la

serrure. Il n'avait pas plus tôt ouvert le battant qu'un étrange bourdonnement se fit entendre. Une vague de petites araignées grises s'échappa de la salle tel un flot trop longtemps contenu, roulant sur l'escalier et courant vers le ponton. Rocambole n'eut que le temps d'agripper Madeleine et, la serrant contre lui, de la hisser sur une saillie. La marée venimeuse passa en les ignorant superbement.

Rocambole arracha une lampe suspendue à la paroi et s'aventura dans la salle mystérieuse. Il remarqua sur-le-champ des tonneaux renversés qui avaient dû abriter les funestes araignées. Et puis, il aperçut Fauvette, debout en équilibre sur un rocher, qui tentait de se hisser plus haut encore pour échapper à un Habit Noir.

– Ici ! Ici ! s'écria-t-elle en apercevant Rocambole et sa compagne.

Le malfaiteur qui s'était lancé à sa poursuite fit volte-face. Rocambole reconnut sous le haut-de-forme son visage livide.

– Monsieur Bellon ! feignit de s'étonner Rocambole. Décidément, je vous surprends toujours la main dans le sac !

– Tombe le masque, Rocambole ! Il est grand temps... répliqua le lieutenant de sir Williams en dévissant le pommeau de sa canne-épée.

Rocambole en fit de même et les deux adversaires tournèrent l'un autour de l'autre avec l'expression de tigres prêts à bondir. Profitant de ce que leur attention s'était détournée, Madeleine partit porter secours à Fauvette et la fit descendre de son perchoir.

– Il n'est pas content parce que j'ai renversé les tonneaux, se réjouit l'adolescente. Toutes les araignées se sont enfuies.

– Il vous faudra venir la prendre, dit-il.

Rocambole se rua sur son ennemi, l'épée virevoltante, souple et ductile comme un rayon de lune. Bellon para du mieux qu'il put, riposta en tierce puis en sixte, mais il dut rompre pour reprendre sa garde. A son tour, il se fendit et testa la défense de son adversaire. Il se heurta à une muraille de métal. La grotte devint une arène où tournoyaient les deux duellistes, feintant ou plongeant selon l'humeur, chacun neutralisant l'autre.

– Nous avons eu le même maître, claironna Bellon.

– Pas les mêmes leçons, repartit Rocambole.

Il tournait insensiblement sur sa gauche, car il avait remarqué que son adversaire semblait plus

lent à parer les coups venant de ce côté. Sans doute sa chute de cheval avait-elle laissé des séquelles. Il profita de cet avantage et, dressé sur la pointe des pieds, il décrivit une spirale qui finit par aspirer l'âme damnée de sir Williams. Sa lame décela une très légère inattention, un angle mort, qui laissait le flanc à découvert… et siffla comme un serpent. Bellon avala une exclamation de stupeur, considéra son côté rougi de sang avant de s'affaler, inconscient.

Rocambole ne s'attarda pas. Il rejoignit Madeleine et s'inquiéta du sort de Fauvette.

– Je croyais que tu avais peur des araignées ?

– Je n'avais pas le choix, patron ! C'était elles ou moi !

Un piétinement proche emplit la caverne d'un écho menaçant.

– Où est sir Williams ? demanda Rocambole, alarmé.

– Il a des appartements quelque part de ce côté, révéla Fauvette en tendant le doigt vers un pan de rocher lisse.

Rocambole s'activa. Nul doute qu'il devait exister un mécanisme secret. Ses doigts habiles dénichèrent une protubérance. Il n'avait pas plus tôt pressé que le pan coulissa. Au même moment, plusieurs Habits Noirs surgirent d'un autre passage. Rocambole n'eut que le temps de pousser ses protégées dans le corridor. La lourde pierre se referma au nez des redoutables sbires. Le jeune aventurier désigna un escalier qui s'entortillait dans les hauteurs.

– Dépêchons-nous ! Chaque minute compte !

Un instant plus tard, ils débouchaient dans la salle à manger. Comme Rocambole cherchait à s'orienter rapidement, Madeleine l'arrêta d'une voix ferme :

– N'allez pas plus loin, marquis...

Rocambole et Fauvette se retournèrent d'un même mouvement. Leur regard surpris alla du visage de la camériste au petit pistolet qu'elle braquait dans leur direction.

– Nous y voilà ! soupira Rocambole. Dommage. J'ai cru un instant que vous aviez fait le bon choix et abandonné sir Williams pour de bon.

– Je l'aime et il m'aime, j'en suis sûre, répondit Madeleine. Il me récompensera pour vous avoir livré.

– Et tu as bien deviné, ma colombe, mon cher amour ! lança une voix depuis une galerie supérieure.

Sir Williams avait paru, entouré de Bellon, pâle et gémissant, et d'une dizaine d'autres acolytes.

Il fumait un long cigare avec délectation. Rocambole frémit sous son masque.

– Cher Rocambole, les femmes seront donc toujours ton point faible. Il est vrai que je n'ai pas eu le temps de t'enseigner ce genre de leçons, et c'est heureux.

Fauvette coula vers Rocambole un coup d'œil rancunier.

– Qui parlait de cervelles d'oiseau ? bougonna-t-elle. Vous vous êtes fait avoir ! Ils sont de mèche.

A ce point de la situation, Rocambole aurait pu perdre son sang-froid, mais il n'en fut rien. Il conserva sa canne bien en évidence, afin de rappeler qu'il n'était pas désarmé, et consulta négligemment sa montre à gousset.

– Tu décomptes le temps qu'il te reste à vivre ? lança sir Williams, narquois. Je veux te rassurer. Tu boiras le calice jusqu'à la lie et tu verras de quelle façon le fantôme de Kerloven portera le coup fatal...

– Comment êtes-vous certain que Jeanne obéira à vos ordres ?

Le maître criminel se pressa les tempes avec ses deux index tendus comme des clous.

– Par la puissance de mon esprit... Je lui injecte régulièrement de puissants narcotiques, mais ils ne sont là que pour faciliter notre... intelligence. Je suis capable de communiquer avec elle. J'ordonne. Elle agit. Je la dirige aussi facilement qu'un pantin. Crois-moi, la terrible fin du comte de Kergaz est programmée. Il va mourir, assassiné par sa tendre épouse. Ou du moins son fantôme…

– Les araignées de Bornéo supporteront mal l'hiver breton, j'en ai peur, railla Rocambole.

– Qu'importe, puisque leur tâche est achevée, répliqua sans s'émouvoir sir Williams. Je te donne une dernière chance, mon jeune apprenti ! Rejoins-moi et tu auras la vie sauve. Nous reprendrons notre association là où nous l'avons interrompue et nous ferons de nous des hommes riches et puissants. Souviens-toi de nos escapades, de nos poursuites, de nos voyages vers l'infini !

– De nos crimes ?

– Que n'avons-nous vécu ensemble, mon fils !

– Seriez-vous le père de Fauvette et le mien par-dessus le marché ?

– A ce propos, cette fillette à laquelle tu tiens tant n'est pas la bonne. Elle t'a berné, comme elle a berné tout le monde…

– Je cherchais à vous le dire, s'empressa de se défendre Fauvette, mais vous ne m'avez jamais laissé parler.

– Félicitations, soupira Rocambole. De toute façon, il est trop tard. (Il toisa ses adversaires, goguenard.) Messieurs, il semble que votre victoire soit totale. Pour fêter cela, je propose un feu d'artifice, dans trois secondes !

Il n'avait pas remisé sa montre qu'une énorme explosion se produisit, ébranlant toute la falaise. Des pans de roche s'écroulèrent, jetant les Habits Noirs les uns contre les autres. Sans perdre un instant, Rocambole saisit le poignet de Fauvette et se replia vers le passage secret qu'ils avaient emprunté pour venir. Sir Williams pointa un doigt rageur dans sa direction :

– Qu'as-tu fait, imbécile ? Tu veux donc nous détruire tous ?

– Le comte de Kergaz est parti à Brest tôt ce matin, répliqua Rocambole, pour demander une canonnière. Il n'a pas perdu tout appui dans la marine nationale. Je suppose qu'il n'aura eu qu'à prononcer votre nom pour que le navire appareille sur-le-champ. Présentement, il se trouve à portée de canon de Kerloven.

– Ce fou ! Il n'abattrait pas son château, tout de même ! Il est à moi ! Il m'appartient ! C'est mon héritage !

Rocambole lui adressa un salut narquois. Sir Williams n'eut pas le loisir de lui répondre : la caverne tout entière s'effondra dans un assourdissant fracas...

18/ Fin de règne

Armand de Kergaz replia sa longue-vue, oubliant Bastien qui trépignait pour s'en emparer.

– Six heures pile ! murmura-t-il. J'espère que Rocambole a vu juste, que Jeanne et Fauvette sont à cette heure en sécurité...

Le navire de guerre dépêché dans la baie de Kerloven avait jeté l'ancre et le tonnerre de la canonnade résonnait encore aux oreilles des deux civils. Le commandant se présenta avec le salut réglementaire.

– Devons-nous poursuivre le tir, monsieur ?

Le comte jeta un regard mélancolique en direction de son manoir enseveli sous un nuage gris.

– Ce devrait être suffisant, capitaine. Je vous remercie de votre coopération.

– L'amiral est trop heureux d'avoir pu vous venir en aide contre cet infâme sir Williams… Si vous permettez, monsieur, vous avez accompli là un bien grand sacrifice.

Profitant de la distraction de son maître, Bastien subtilisa la lunette et la vissa à son sourcil. La falaise était percée de cavités fumantes à l'endroit où les boulets avaient fait mouche. Le castel en partie effondré menaçait à tout moment de verser dans la baie.

– Seigneur ! s'écria l'ancien grognard. La maison de vos ancêtres ! C'est trop insupportable…

Le comte posa une main sur son épaule.

– Allons, Bastien ! Pas de regrets… C'était bien l'unique façon de vaincre la malédiction. Il est parfois nécessaire de tout détruire pour mieux reconstruire…

– Mais monsieur, le caveau de famille, les meubles, les objets précieux ! Rien que d'y songer, j'ai la tête qui tourne…

– Si c'est le prix à payer pour vaincre mon frère, alors je n'ai aucun regret. Qui sait si ce n'était pas le seul moyen de vaincre la terrible malédiction qui pourrissait ses murs ? Un jour, je le ferai rebâtir.

Ma crainte, c'est le sort de Jeanne et de la petite...

Pendant ce temps, à l'intérieur de ce nuage de poussière dont ils considéraient la colonne grandissante, Rocambole et Fauvette tentaient de retrouver leur chemin à travers les nombreux corridors secrets qui sillonnaient la demeure. Ils finirent par déboucher dans la chambre de la comtesse. De sinistres craquements indiquaient que le castel, ébranlé par les bombardements de la marine royale, était sur le point de sombrer.

– Jeanne ? appela Rocambole. Jeanne !

– Elle ne vous entendra pas, dit Fauvette. J'ai vu sir Williams qui lui administrait une drogue pour la transformer en fantôme.

Ils sortirent sur le palier envahi par les flammes. Soudain, ils perçurent un cri à travers le vacarme. Rocambole leva les yeux.

– Elle est sur le chemin de ronde ! s'exclama-t-il. Fauvette, cours hors d'ici et occupe-toi de Sarastro.

– Il ne voudra jamais me suivre ! Il doit être affolé !

– Invente une histoire, tu as l'air douée pour ça !

Sur ces paroles, il se précipita dans l'escalier et courut le long des interminables coursives. Des fragments de charpente en feu pleuvaient autour de lui. Quand il repoussa la porte donnant sur le

chemin de ronde, il fut aussitôt frappé par une vision d'effroi. Jeanne se tenait debout en équilibre sur le muret. Elle se balançait au-dessus du vide telle une mouette hésitant à prendre son essor. Un instant, elle se tourna vers Rocambole, la mine défaite, puisant au plus profond d'elle-même pour résister à l'attrait du vide. Et puis elle se jeta en avant, les bras écartés...

Fauvette n'eut pas trop de toutes ses forces pour repousser les vantaux de l'écurie. La fumée commençait à s'y masser de façon inquiétante. Les chevaux ruaient dans les stalles, affolés par la proximité de l'incendie. Fauvette ouvrit les barrières une par une, libérant les bêtes. Quand elle arriva devant celle de Sarastro, elle trouva le grand étalon noir à peine inquiet, très droit sur ses antérieurs, ses oreilles dressées comme des étendards.

– Au moins, tu as confiance ! lui lança l'adolescente en retirant les planches.

Mais la fumée devenait plus épaisse. Fauvette avait surestimé ses forces. Elle fut prise de malaise et tomba à genoux. Au lieu de fuir, le coursier fléchit une patte pour lui permettre de grimper sur son dos. Elle se cramponna à sa crinière et se sentit enlevée dans les airs...

Penché au-dessus du précipice, Rocambole n'avait eu que le temps de rattraper Jeanne par un pan de sa robe. Épuisée par les drogues, elle n'était qu'un poids mort se balançant dans le vide. Le tissu trop éprouvé menaçait de se déchirer à tout moment. Rocambole tenta le tout pour le tout et, se retenant d'une seule main, il s'arc-bouta pour saisir le poignet de la comtesse. Au prix d'un effort sur-humain, il réussit à vaincre l'aspiration de l'abîme et, empoignant la malheureuse, l'attira à lui. Les deux corps enchevêtrés roulèrent sur le ciment, à l'abri. Rocambole se défit de l'étreinte pitoyable de Jeanne et la considéra avec inquiétude. Elle semblait exsangue, au bord de l'agonie.

– Jeanne ! Reprenez-vous, il faut partir…

Il allait la soulever de terre quand un ricanement sinistre le fit se retourner. Surgi de nulle part, sir Williams s'avançait dans leur direction, la perruque de travers dévoilant sa calvitie, le visage livide et effrayant. Des flammes dansaient dans son regard noir, dont on n'aurait su dire si elles étaient le reflet de l'incendie ou de l'enfer même.

– Tu ne m'enlèveras pas ma bien-aimée, mon jeune apprenti ! Elle m'appartient. Et ce qui m'appartient… est à moi pour toujours !

Il tira de son manteau une longue canne à pommeau d'or dont il dévissa la lame avec un air de défi. Rocambole avait abandonné la sienne pour prêter main-forte à Jeanne. Bon prince, sir Williams la poussa dans sa direction du bout de sa chaussure.

– Je ne suis pas aussi déloyal que tu le penses…

Rocambole l'avait à peine effleurée des doigts que le maître du crime bondit sur lui. Le jeune homme avait heureusement prévu la traîtrise et il esquiva l'attaque en roulant sur lui-même. Il enroula sa lame autour de celle de son ancien mentor, si bien que les deux ennemis se retrouvèrent nez à nez, seulement séparés par le croisillon formé par les fers acérés.

– Partez, Jeanne ! ordonna Rocambole. Partez si vous en avez la force !

Jeanne obéit d'une démarche hésitante. La chute avait éclairci ses esprits, mais les effets de la drogue contrecarraient encore sa volonté.

Cependant, les duellistes se repoussèrent violemment, puis s'estimèrent à distance, dans la même attitude, tendus sur la pointe des pieds, prêts à piquer comme des frelons. Autour d'eux, des pans entiers de maçonnerie lâchaient prise et s'abîmaient dans la mer. Des esprits sensés auraient coupé là cette joute pour se réfugier à l'abri. Mais la haine qui animait les belligérants était plus forte que le souci de leur propre vie. Ils repartirent à l'assaut, sur ce chemin de ronde qui n'était plus qu'une virgule de pierrailles s'émiettant au-dessus du ressac.

Les épées se frôlèrent, se cajolèrent, imprévisibles et capricieuses, comme pour s'apprivoiser mutuellement, avant que ne reprît l'assaut, d'une violence inouïe. L'art méthodique de sir Williams l'emportait sur la fougue de Rocambole, si bien que celui-ci dut peu à peu céder du terrain. Acculé à l'extrême limite de la passerelle instable, il sentit le sol s'effondrer sous sa semelle...

Tel un fauve, sir Williams se fendit, cherchant à le transpercer. *In extremis*, Rocambole esquiva par des feintes successives. Il trouva son salut en sautant sur la crête du muret. Furieux d'avoir raté l'occasion, le maître du crime bondit à nouveau, faisant fi de son habituelle maîtrise. Et cet oubli lui fut fatal... Car Rocambole, coulissant sur le côté, les bras en balancier tel un funambule, se déroba une nouvelle fois. Emporté par son élan, sir Williams bascula. La lèvre de pierre chancelante se brisa sous son poids. Il dut lâcher sa lame pour s'agripper de toutes ses forces à un moellon saillant.

Hélas, celui-ci ne tenait plus que par miracle et se déchaussa… Avant que Rocambole n'ait pu lui porter secours, par un réflexe d'homme d'honneur, sir Williams disparaissait dans l'abîme, la pierre sur son ventre, la bouche ouverte sur un cri terrifiant…

Épilogue

La diligence de Paris déboula à grands fracas dans la cour de l'Auberge de l'Ancre. La curiosité précipita quelques badauds à sa rencontre, toujours avides de savoir qui arrivait et qui partait. Sanglé dans ses atours de marquis, Rocambole ajusta son lorgnon et, serrant son bagage contre lui, il se leva du banc surplombé d'un tilleul. Fauvette l'imita. Elle faisait triste mine dans sa nouvelle robe, le front ombré d'une passe de dentelle*, et c'est à peine si elle osait lever les yeux sur ce qui l'entourait. Elle n'avait pas seulement le cœur serré à l'idée du départ. Elle redoutait de

* Chapeau à bords évasés alors en vogue.

croiser Pauline, son amie de l'orphelinat, qui dans un instant descendrait de cette voiture.

– Cesse de te tordre les doigts, lui glissa Rocambole. Tu vas finir par y faire des nœuds.

Fauvette allait répliquer lorsque le comte et la comtesse de Kergaz les rejoignirent. Ils avaient pris pension à l'auberge en attendant de partir pour Le Havre, d'où ils projetaient de faire le tour du monde afin d'oublier leur effrayante aventure. Ils se tenaient la main, tels des collégiens rougissants, ivres de leur bonheur retrouvé. Cette vision ne fit qu'accroître le malaise de Fauvette. Armand de Kergaz les aborda en tendant les bras.

– Mes chers amis ! s'exclama-t-il. Je suis si merveilleusement heureux, et si horriblement triste à la fois ! Mais pourquoi diable ce déguisement, Rocambole ? Tout danger n'est-il pas écarté ?

– Simple précaution, comte ! J'ai aperçu quelques gendarmes sur la lande courant derrière des Habits Noirs réchappés de la canonnade. Ces moustachus seraient trop heureux de m'attraper moi aussi. N'oubliez pas que je suis un criminel dont on vante les mérites dans des romans à deux sous !

Armand posa sa main sur l'épaule de Rocambole avec un geste affectueux et le fixa d'un regard pénétrant.

– Mon frère a achevé sa carrière maléfique, tu peux me croire. Alors pourquoi ne pas te démasquer une fois pour toutes ? Pourquoi ne pas révéler au monde les véritables rai-

sons qui t'ont fait fréquenter la pire canaille du royaume ? Je témoignerai pour toi, et tu sais que j'ai l'oreille de gens influents dans ce pays…

– L'heure des révélations n'est pas venue. Il faut nager avec les poissons pour savoir ce qu'ils trament et je dois encore un temps rester sous le masque et les déguisements. Le jour viendra certainement, mais il n'est pas venu…

– Tu sais pouvoir compter sur moi dans ce combat.

Les deux hommes se serrèrent la main. Pendant ce temps, la comtesse lorgnait vers la diligence qui progressivement se vidait de ses occupants. Elle dut sentir sur elle l'œil de Fauvette, car elle abaissa sur la fillette un regard tendre et empli de regrets.

– Es-tu certaine de ne pas vouloir venir avec nous au Havre ? Pauline est notre fille, mais elle n'a pas meilleure amie que toi, et j'imagine qu'elle serait ravie de ta présence.

– Non, répliqua Fauvette, j'ai le mal de mer.

– Comment le sais-tu, tu n'as jamais pris le bateau ?

– Non, mais j'ai vu la mer, et cela me suffit.

– Fauvette, intervint la comtesse en s'agenouillant devant elle. Je veux que tu saches que, quel que soit le destin que tu choisiras, nous te considérerons toujours comme des nôtres. Tu n'es plus seule au monde, entends-tu ? Comprends-tu ?

– Merci, madame, répondit Fauvette. Merci pour votre bonté.

Les derniers passagers parurent : une grande religieuse sèche comme un sarment de vigne et une fillette vêtue d'une capeline grise. La première n'était autre que la Luciole, la deuxième, Pauline ; à la vue de sa camarade aux tresses bouclées, la mélancolie de Fauvette se dissipa. Elle courut vers elle et la prit dans ses bras sous le regard sévère de la sœur.

– Allons, mesdemoiselles, point de ces effusions en public ! sermonna cette dernière. Qui est M. de Kergaz ?

– C'est moi, ma sœur, intervint le comte.

Rocambole donna une légère tape sur l'épaule de Fauvette pour lui signifier qu'il était temps de se retirer. En effet, les palefreniers avaient déjà changé l'attelage de la diligence. Un nouveau postillon s'apprêtait à en prendre les rênes. A l'évidence, l'équipage repartait dans la plus grande urgence. Laissant le comte et la comtesse aux prises avec la revêche religieuse, Rocambole entraîna Fauvette dans la voiture où ils se rapetissèrent dans l'attente du départ.

L'adolescente observa par la vitre baissée les étreintes et les effusions de la famille reconstituée. Elle souhaita en pensée beaucoup de bonheur à Pauline, que le sort avait ainsi désignée. Le départ survint sans crier gare, dans un concert de fouets et de sifflets. Le comte et la comtesse réalisèrent soudain et se pressèrent derrière la voiture pour lancer des adieux touchants… Fauvette leur rendit un petit signe de la main avant de se renfoncer sur la banquette, le cœur serré.

– C'est mieux ainsi, souffla-t-elle. J'ai horreur des embrassades. Et j'ai horreur d'avoir des adultes toujours dans mes jambes à me dire quoi faire… Au fond, c'est une chance !

Elle croisa les bras d'un air boudeur qui démentait cette réflexion et affecta de regarder le paysage. A ses côtés, Rocambole ne pipait mot.

– Je ne suis pas mécontente de quitter la Bretagne, poursuivit-elle. J'aime mieux l'air de Paris. Hum… Vous n'êtes pas très causant, patron.

Vous me ramenez à l'orphelinat ?

L'inquiétude qui perçait dans sa voix fit sourire le jeune aventurier.

– Si j'avais voulu te ramener à l'Enfant-Roi, punition qui aurait été plus que méritée au regard de ta supercherie, je t'aurais confiée aux soins de la délicieuse cornette qui accompagnait ton amie Pauline. Non, j'ai d'autres plans pour toi...

– C'est vrai ? s'exclama Fauvette, ne contenant plus sa joie. Dites vite !

– J'ai promis au comte de veiller sur ton éducation. Car crois-en mon expérience, une jeune fille a besoin d'éducation, sans quoi elle tourne mal. Pour ce faire, je t'ai choisi un précepteur.

– Un... précepteur ? grimaça Fauvette.

Rocambole cogna le toit de la voiture avec le pommeau de sa canne.

– Cocher ?

La lunette qui séparait les voyageurs du postillon s'ouvrit et la figure de Bastien apparut dans l'encadrement.

– Je vous salue ! lança-t-il.

– On demande le précepteur, fit Rocambole.

– Moi-même ! rétorqua le vieux grognard en soulevant son gibus. Et conducteur, et cuisinier, et tout ce que vous voudrez ! M. le comte m'a donné mon congé et je me suis trouvé un nouveau maître. De nouvelles aventures nous attendent…

La figure de Fauvette s'illumina, tandis que disparaissaient les derniers buissons de bruyère, et l'âcre souvenir des embruns…

A quelques milles de là, dans les ruines qui seules subsistaient de la grandeur du manoir des Kergaz, des pierres roulèrent et tombèrent dans la mer, et une main crispée jaillit, s'accrochant à la paroi comme une araignée griffe sa proie…

L'auteur

Michel Honaker est né en 1958 à Mont-de-Marsan, dans les Landes. Dès neuf ans, il est visité par le démon de l'écriture. Il s'aventure dans des genres aussi différents que le policier, le fantastique ou la S.F. et publie son premier roman à 24 ans. Depuis, le jeune public a pu lire plus de soixante-dix de ses histoires ! Elles ont le goût de l'étrange, du mystère et de l'aventure et ont été souvent couronnées de prix. La musique, l'autre passion de Michel Honaker, joue dans son œuvre un rôle majeur.

L'illustrateur

Jame's Prunier est né en 1959 à Oran, en Algérie. Après les Beaux-Arts de Nancy, les éditions Gallimard lui donnent à illustrer les mots de Joseph Kessel. Les aventures se succèdent, les livres naissent. En 1992, il se voit décerner le titre de « Peintre officiel de l'Air » grâce aux quatre tomes de son *Histoire de l'aviation* (Découverte Cadet). Plus tard, il dessine pour la Poste les timbres relatant « l'Aventure aérienne ». En 2002 paraissent les *Petites histoires du Grand Louvre* (Gallimard Jeunesse), un album de fiction historique qu'il a su illustrer avec un rare bonheur.

Du même auteur

DUTTON MEMORY, DÉTECTIVE FANTÔME, *Hachette Jeunesse*
NOBODY MANGE LA NUIT, *Hachette Jeunesse*
LE COMMANDEUR, *Rageot*
LA VALSE DES MAUDITS, *Rageot*
LE CHANT DU VORKEUL, *Flammarion Jeunesse*
LE RÊVE DU VORKEUL, *Flammarion Jeunesse*
LA HAINE DU VORKEUL, *Flammarion Jeunesse*
INTELLIGENCE BUILDING, *Flammarion Jeunesse*
LES BUVEURS DE RÊVES, *Flammarion Jeunesse*
TAXIPHOBIE, *Flammarion Jeunesse*
L'OPÉRA DES TEMPÊTES, *Rageot*
LA MÉLODIE FANTASTIQUE, *Rageot*
LE BARON TÉNÈBRE, *Flammarion Jeunesse*
ESTEBAN DU DÉSERT ROUGE, *Flammarion Jeunesse*
LA SORCIÈRE DE MIDI, *Rageot*
LE PRINCE D'ÉBÈNE, *Rageot*
CROISIÈRE EN MEURTRE MAJEUR, *Rageot*
ERWAN LE MAUDIT, *Rageot*
LE CHEVALIER DE TERRE-NOIRE, *Rageot*
LE DÉMON DE SAN MARCO, *Rageot*

Imprimé en Italie
par LegoPrint.

P.A.O. Belle Page

Dépôt légal : septembre 2002
N° d'édition : 13295
ISBN 2-07-053667-X
Loi n° 49-956 du 16 juillet 1949
sur les publications destinées
à la jeunesse